J'aurais voulu vous dire
William

DU MÊME AUTEUR

Aussi vrai qu'il y a du soleil derrière les nuages, essai biographique, Libre Expression, 1982.

Les Filles de Caleb, roman, tome 1 : *Le Chant du coq*, Québec/Amérique, 1985 ; édition revue et corrigée, avec des illustrations de Gilles Archambault, Libre Expression, 1995 ; tome 2 : *Le Cri de l'oie blanche*, Québec/ Amérique, 1986 ; édition revue et corrigée, avec des illustrations de Gilles Archambault, Libre Expression, 1997.

Ces enfants d'ailleurs, roman, tome 1 : *Même les oiseaux se sont tus*, Libre Expression, 1992 ; tome 2 : *L'Envol des tourterelles*, Libre Expression, 1994.

Arlette Cousture

J'aurais voulu vous dire William

Libre Expression

Libre Expression

Données de catalogage avant publication (Canada)
Cousture, Arlette
J'aurais voulu vous dire William
ISBN 2-89111-779-4
I. Titre
PS8555.O829J3 1998   C843'.54   C98-940243-6
PS9555.O829J3 1998
PQ3919.2.C68J3 1998

Maquette de la couverture
FRANCE LAFOND
Infographie et mise en pages
SYLVAIN BOUCHER

Libre Expression remercie le gouvernement canadien
(Programme d'aide au développement de l'industrie de l'édition),
le Conseil des Arts du Canada et la Société de développement
des entreprises culturelles du soutien accordé à
ses activités d'édition dans le cadre de leurs programmes
de subventions globales aux éditeurs.

Éditions Libre Expression
2016, rue Saint-Hubert
Montréal (Québec) H2L 3Z5

Dépôt légal :
1er trimestre 1998

ISBN 2-89111-779-4

Imprimé au Canada

Aux mânes de ma vie, que j'apprends à apprivoiser, mais surtout à Daniel, qui soulage mes douleurs en me tenant la main.

Toute cette histoire a commencé lorsque la mort d'un ami m'a conduite au cimetière. Nous étions une quinzaine de personnes agglutinées devant un calvaire dénudé n'ayant pour relief sur ses roches blanches que l'ombre triste d'une croix à la peinture cloquée. Nous attendions que le croquemort nous remette l'urne contenant les cendres de notre ami et que notre groupe irait déposer dans un trou fraîchement creusé. Me sentant le cœur et les poumons écrasés par la cage thoracique, je me demandai si Nathan avait connu quelque chose de semblable dans sa mort. Il aurait mis exactement trente secondes à mourir, s'étant affaissé en plein match de racquetball. Son partenaire nous a dit que ses dernières paroles, avant de s'effondrer, avaient été : « Je ne me sens pas bien, pas bien du tout. » Nathan est mort en jouant. D'ailleurs, il avait toujours joué. Joué son argent aux cartes, joué avec le cœur de

9

ses femmes – il les collectionnait et j'avais moi-même été un de ses bibelots –, joué avec sa santé – il buvait comme si sa soif était une urgence –, et joué son avenir… dont le destin l'avait finalement privé.

On nous remit enfin une espèce de maquette de cercueil contenant l'urne et nous nous sommes dirigés vers une miniature de fosse si remplie d'eau que nous avons été forcés d'y jeter un peu de terre pour éviter à notre ami l'odieux d'avoir les pieds ou la tête dans l'eau.

J'étais donc là à le regarder s'engouffrer pour l'éternité, sachant qu'il ne jouerait plus et regrettant de ne pas être sa veuve, que je voyais digne et noble sous son châle de douleur. Que n'ai-je eu le privilège d'afficher la mienne, de crier qu'il m'avait piétinée comme on écrase un chewing-gum sur le trottoir? Mais je n'étais plus sa légitime. Qu'une des ex.

Mon regard fut attiré par l'arrivée d'un aveugle qui tenait d'une main sa boîte de chêne et de l'autre le harnais d'un labrador chocolat. L'employé des pompes funèbres marchait à ses côtés, portant une seconde urne en tous points semblable à la première, avec autant de solennité et de naturel qu'un magicien s'apprêtant à faire disparaître une colombe. Seul le chien semblait inquiété par le lieu et inapte à y diriger son maître. Ils s'arrêtèrent à trois monticules de terre de l'endroit où nous nous tenions et l'homme s'agenouilla maladroitement, désorienté comme le sont les aveugles en terrain inconnu, tandis que le croquemort, après avoir posé son urne, s'éloignait avec une ostentatoire discrétion.

Mes amis repartirent et je restai seule devant les ridicules vestiges de Nathan, bientôt distraite par l'aveugle que je voyais lire en les effleurant du doigt les mots gravés sur une pierre tombale déjà enchâssée dans la pelouse jaunâtre de ce frissonnant début de juin. Le chien, un mouchoir rouge noué autour du cou, s'était couché, le harnais abandonné sur son dos, sa tête posée sur ses pattes de devant, et il paraissait sangloter et soupirer, un peu comme je l'avais fait moi-même quelques minutes plus tôt. Je jetai un dernier coup d'œil sur la ridicule motte de terre qui accueillerait un jour la pierre tombale de Nathan, lui promis de revenir et, mue par l'irrépressible envie de voir ce que lisait l'aveugle, me dirigeai hypocritement vers lui. Il m'entendit approcher et me demanda si «mon» mort avait lui aussi la tête dans l'eau. D'abord interdite, je me ressaisis et lui dis qu'à mon avis les cendres n'avaient pas été démêlées et identifiées. Il m'expliqua alors qu'il avait enfoui ses urnes tête-bêche pour donner à ses morts plus de chances d'arriver dans l'au-delà la tête haute et sèche. Je pensai alors à Flaubert, expédié au paradis cul par-dessus tête. Il me demanda ensuite s'il y avait encore des gens dans le cimetière et, devant la négative, il se releva en m'expliquant qu'il avait préféré attendre que les lieux se soient vidés. Il avait le sentiment qu'un aveugle mettant en terre deux urnes aurait pu donner l'impression qu'il éprouvait plus de chagrin que tout le monde et exacerber des peines trop fraîches.

Son propos me surprit tout en me ravissant. Je restai donc plantée devant lui, un sourire trop fragile aux lèvres, ne le quittant pas des yeux, et si ma présence lui sembla saugrenue, il n'en laissa rien paraître.

Je suis romancière; du moins, c'est ce qu'on dit. Depuis une douzaine d'années, j'ai écrit des livres pour enfants dont les personnages principaux sont deux chenilles, Mimi et Bibi, dont l'unique activité consiste en la recherche de leur raison d'être. Livre après livre, j'ai frayé avec les chenilles, les mille-pattes, les libellules, les lucioles, les grillons, les lombrics, les escargots, les mouches, les abeilles... J'ai vécu avec les bestioles à m'en écœurer et, la veille du décès de Nathan, j'avais pris la décision d'annoncer à mon éditeur mon intention de donner une année sabbatique à mes chenilles. J'avais envie d'aller voir du côté des humains, ces désespérants mammifères.

J'étais donc là, aux côtés de l'aveugle, à mettre en mots tout ce que je voyais. C'est ainsi que j'ai tenté de trouver le lien qui unissait cet homme aux morts qui avaient pour noms William et Grace Wilcox, parce que l'homme qui venait de reprendre en main le harnais de son chien avait perdu ces deux êtres en quelques mois. La simple idée que l'on puisse souffrir deux fois plus que moi me coupait la respiration.

La pierre tombale m'apprit que William était un homme de quarante-quatre ans et Grace Wilcox, une femme de quatre-vingts ans. William pouvait donc être le frère, le cousin ou l'ami de l'aveugle, et Grace, sa mère ou sa tante. À le voir effleurer du doigt les lettres du nom de William gravé sur la pierre, je me ravisai et soupçonnai que William était son ami, peut-être son petit ami.

Je fus la première étonnée de m'entendre l'inviter à prendre un café. Qu'est-ce donc qui m'avait poussée à le faire? Le décès de Nathan, mon chagrin encore présent et apparent à la commissure des yeux, la curiosité qui m'habite depuis toujours et dont j'ai fait mon gagne-pain, ou encore une certaine compassion pour cet aveugle dont la tristesse semblait plus aiguë que la mienne? Eût-il été rebutant, je ne l'aurais probablement jamais fait. Mais il était plutôt bel homme, bien bâti, avec des mains solides, et le seul indice de sa cécité, outre le chien, était le va-et-vient ininterrompu de ses iris. Ses cheveux étaient noirs, retenus à l'arrière par un élastique dont il ignorait certainement qu'il était rouge. Il avança légèrement la tête vers moi et j'eus la désagréable impression qu'il me flairait comme le faisait le chien.

Il me demanda enfin si j'avais envie de parler. Je poussai un petit rire embarrassé. Évidemment que j'avais envie de parler! J'en avais même besoin. Nous sortîmes du cimetière sans proférer un seul mot, comme si le lieu nous eût imposé son silence. Je pensai à Nathan et je présume que l'aveugle pensait à William.

Assise devant lui au restaurant, je me demandai à quoi aurait ressemblé sa vie s'il avait pu la voir. Il était d'une habileté étonnante, versant le sucre dans sa tasse et mettant la cuiller en plein centre du liquide pour le brasser avant de la poser dans la soucoupe. Le voyant porter la tasse à ses lèvres sans hésitation, je fermai les yeux pour l'imiter et renversai du café sur mon pull, que je me hâtai d'essuyer avec la mince serviette de papier posée devant moi. Il rompit le silence pour m'apprendre que William Wilcox était un photographe, un très grand photographe.

J'étais devant un illuminé! Je doutai de sa cécité une fraction de seconde, le temps que le chien lève la tête pour se faire caresser.

À voir le maître lui passer les doigts en peigne sur le dessus du crâne et lui gratter le museau, reconnaissant là mes propres gestes lorsque je veux me détendre et que je me gratte la tête ou le front de façon simiesque, je compris qu'il était probablement mal à l'aise et qu'il se cherchait une contenance auprès du chien.

Je lui révélai sans ambages que j'étais romancière et il ne parut pas impressionné, prenant tout son temps pour avaler une gorgée avant de me confier qu'il travaillait dans un laboratoire de photographie. Il sortit une carte d'affaires de sa poche et me la tendit, exactement à l'endroit où se trouvait ma main. J'y lus : «Michael Gordon, technicien», ainsi que ses adresses, celle du laboratoire et celle de son domicile. Je passai le pouce sur la carte et touchai le braille qui la gaufrait joliment. Je n'aurais pas été étonnée s'il avait été accordeur de pianos, mais je fus franchement incapable de l'imaginer dans une chambre noire. J'en étais encore à tenter de le visualiser manipulant des planches-contact lorsqu'il me dit qu'il connaissait toutes les photos qu'avait prises William. Michael ne pouvait être qu'un bluffeur. Il ne me parla pas des photos et je préférai ne pas lui demander comment il avait pu les voir. Je n'avais plus vraiment envie de savoir qui étaient William et Grace.

L'horloge du restaurant était si crasseuse que des mouches s'y étaient collées pour mourir, coincées dans cette glue d'huile de friture et de nicotine. J'avais toujours le cœur engoncé dans la tristesse et soudain je voulus fuir l'odeur de café du restaurant et le halètement du chien. Je me levai lentement et remerciai Michael de m'avoir accompagnée. Il fit un geste me signifiant que je ne saurais trouver une seule formule polie pour m'excuser qui ne lui eût pas déjà été servie. Sa solitude noire me troubla tellement que je lui demandai si je pouvais le revoir. À mon grand désarroi, il posa la main sur son cœur et tourna la tête en direction du chien pour le prendre à témoin de ce qu'il venait d'entendre. Je ne savais plus où regarder, consciente que la moitié des clients du restaurant nous dévisageaient, les uns discrètement par notre reflet dans la fenêtre, les autres effrontément, suivant notre échange comme un match de tennis.

Je sortis entre deux haies de regards et j'entrai chez moi, où je m'accordai une bonne heure de sanglots avant de me retrouver assise devant ma machine à écrire à tenter de mettre en mots les funérailles et l'enterrement de Nathan, recherchant chaque phrase prononcée, chaque odeur, chaque son.

L'église est si peu peuplée que les paroles du célébrant font un écho désagréable qui laisse un arrière-goût d'outre-tombe. L'urne, figure de proue abandonnée sur un cata-falque, est seule à l'avant de la nef, sourde aux égosillements des quatre chantres répondant au célébrant qui fausse chaque note des oraisons. Personne n'écoute le prêche insignifiant du prêtre, qui n'a jamais rencontré le mort ni sa veuve et qui ânonne un réconfort préfabriqué, aspergé de pos-tillons. Il ponctue son discours de longues pauses, ridicules simulacres d'une émotion qui l'aurait laissé sans voix. Une poignée de fidèles s'approchent ensuite de la table de communion ; tous évitent religieusement de regarder l'urne, sauf un qui, par sympathie ou désespoir, ôse l'effleurer du dos de la main. Les autres membres de l'assistance préfèrent se tordre les doigts, se faire craquer les jointures ou se moucher...

Je tentai de m'endormir en me remémorant tous les moments de la journée. L'aube fraîche de ce début de juin vint sans que je m'en rende compte et je fus confortée de voir que je m'étais assoupie. Mais la verte amertume d'un lendemain de jour chagrin me frappa en plein front et j'allai m'affaler contre la cuvette des cabinets, le nez dans la lunette pour me soulager.

Je me retrouvai deux heures plus tard devant la pierre tombale de William Wilcox sans connaître les raisons qui m'avaient attirée au cimetière. Croyante, je me serais signée. Athée, je fronçai les sourcils et m'interrogeai sur ce William qui aurait été un grand photographe. Le fossoyeur avait comblé les fosses, ridiculement petites, et les jolis bouquets n'étaient plus que des corolles déchiquetées et des tiges étêtées. J'aperçus près du tertre de Nathan une de mes orchidées et ressentis un urgent besoin de la reprendre. J'allai la cueillir mais c'est toute la tige qui sortit de la terre meuble. Nathan me pardonnera d'avoir ainsi spolié son tertre. Posée à même la pierre de William, la tige malingre et dénudée, effeuillée de la prétention du bouquet acheté pour la galerie et dont elle avait fait partie, m'émut tellement que je recommençai à pleurer. En silence. Seule devant personne. Allais-je pleurer indéfiniment dans ce cimetière?

Mr. Wilcox, comment peut-on être un grand photographe et mourir à quarante-quatre ans? Nathan, l'aurais-tu croisé dans l'antichambre des prématurés de l'au-delà?

* * *

Ne pouvant pas compter sur l'expressivité de mon visage, je répétai pendant des heures mon entrée en matière. Tout ce que Michael percevrait de moi serait ma voix et je la savais un peu râpeuse, sans aiguës, héritage de la cigarette. Ce William avait commencé à m'obséder et j'avais vainement essayé de laisser tomber. J'eus rapidement la certitude qu'il n'était pas le petit ami de Michael, mais un proche, un ami cher.

Je n'osai annoncer ma visite, préférant surprendre Michael. J'étais venue rôder pour l'observer trois soirs consécutifs et je savais qu'ironiquement il éteignait toujours en entrant. J'avais profité évidemment de l'obscurité pour épier ses voisins, qui croyaient leur intimité à l'abri des curieux alors que les salons embués du reflet bleu miroitant du téléviseur me permettaient d'en voir des bribes par les fenêtres.

Michael vivait au rez-de-chaussée d'un triplex moderne aux lignes aussi froides que celles d'un cénotaphe. Je tournai et retournai dans ma tête la façon de lui présenter l'idée que j'avais concoctée durant mes heures de guet. S'il était vrai que William était un grand photographe, j'aurais aimé écrire un livre, biographie ou roman, inspiré de sa vie, que je présumais être très riche.

L'intérieur de l'appartement de Michael était surprenant. Un appartement d'aveugle où tout était rangé, ordonné et joliment décoré. Pour quelle raison un aveugle tenait-il à décorer? Je me retrouvai assise dans la cuisine, les yeux à l'affût et la main posée sur une tasse de café Malawi. Michael me laissa seule quelques instants – seule avec le chien – et revint portant une chemise en accordéon. Je m'empressai de l'en délester et il me remercia d'un ton ironique.

J'ouvris la chemise et me mis à piger au hasard parmi des photographies toutes bien classées et dont l'univers noir et blanc m'était à peu près indifférent. Afin de dissimuler ma déception, je pris une voix enjouée et avouai mon étonnement. Michael but une gorgée de café et je sus que ma feinte l'avait blessé. Il m'apprit qu'il possédait trois autres chemises encore plus garnies que celle dont j'avais extirpé quelques clichés en essayant de ne pas trop farfouiller. Je ne savais si son ton était celui de la supplique ou de la défaite, mais je ne pus y résister, sentant obscurément que Michael se trouvait lié par quelque serment tacite. Je lui demandai s'il connaissait William depuis longtemps et il s'étonna que je puisse croire qu'il le connaissait bien. En fait, il avait fait sa connaissance l'automne précédent, et William, m'apprit-il, était mort la dernière semaine de mars, le jour d'une abondante et déprimante tempête. M'en souvenais-je?

J'étais confuse. Je n'avais quand même pas rêvé les urnes et le croquemort, ni la tendresse de ses gestes lorsqu'il avait effleuré les lettres de la pierre tombale, pas plus que je ne rêvais la chemise pleine de photographies posée sur la table devant moi. Dans quelles vies malades venais-je de m'enliser? Mon projet, comme les autres, s'effondra par implosion. C'est mon éditeur qui allait s'amuser en me rappelant ses avertissements et ses mises en garde. Il avait tiqué à l'annonce de l'année sabbatique de Mimi et Bibi, inquiet de me voir perdre mes petits lecteurs. Je m'étais contentée de lui rappeler que mes «petits lecteurs» ne se débrouillaient pas encore parfaitement avec l'alphabet et que leurs parents seraient certainement ravis de poursuivre les aventures de mes chenilles. Son manque d'intérêt pour la vie d'un photographe m'avait blessée davantage. C'était comme s'il m'avait dit que l'écrivain que j'étais ne pouvait devenir adulte, me condamnant à ne jamais dépasser l'animisme et le syncrétisme de mes personnages. Je l'avais quitté en me fouettant d'avoir développé une relation de dépendance presque filiale avec lui. J'aurais souhaité l'entendre dire qu'il n'y avait pas de meilleure façon de balayer Nathan de ma vie – il avait toujours connu ma liaison et ne m'avait jamais caché qu'il abhorrait mon amant –, au lieu de me décourager.

Michael posa une deuxième chemise devant moi. J'y plongeai la main, comme je l'aurais fait pour un tirage, et j'en sortis un tout petit cliché noir et blanc au contour dentelé, que je décris à Michael : une maison mal cadrée, telle qu'elle apparaissait le 11 septembre 1955. Je regardai quelques autres photos, si inintéressantes que je devrais subir l'embarras de partir de chez Michael les mains vides. En fait, j'avoue avoir cherché pendant quelques instants une retraite élégante pour le sortir de ma vie. Ma curiosité et ma poursuite effrénée du rêve d'écrire pour d'autres yeux et d'autres oreilles que celles de mes «petits lecteurs» me mirent dans une position intenable mais je me retins de lui révéler que mon projet de livre venait d'avorter sur la table, là devant lui, entre la photo de la maison et celle d'un chiot malingre. Michael, d'une voix remplie d'admiration et d'incrédulité, s'étonna à haute voix de la précocité de William, me demandant si je connaissais beaucoup de petits garçons de cinq ans qui faisaient de la photographie. Je fus aussitôt victime d'un coup de foudre pour ce petit garçon de cinq ans.

Un crachin tombait sur la ville lorsque je sortis de chez lui, portant une à une les quatre énormes chemises de photographies sur la banquette arrière d'un taxi. Michael aurait voulu m'embraser qu'il n'aurait pas mieux réussi.

* * *

Étais-je complètement désespérée, à côté de mes pompes ou nulle? Je ne le savais plus. J'avais vidé les chemises de leur contenu et je ne comprenais pas les photographies de William. Du petit William, du jeune William, du grand William. Des rues, des ruelles, des maisons, des écoles, des magasins, des hôpitaux, des églises, d'autres maisons, des portes, des fenêtres, mais surtout des chiens, des centaines de chiens.

Si je trouvais la plupart des clichés sans intérêt, j'aurais été profondément mal à l'aise de ne pas avoir fait l'effort de les regarder tous. Je n'étais pas familiarisée avec la photographie, mais je ne pus m'empêcher de remarquer une drôle de tache sur plusieurs d'entre eux. L'ironie de la situation ne parvint pas à me dérider. Quel écrivain accepterait de faire un livre en se fiant aux dires d'un aveugle qui déclare plus que talentueux un photographe dont l'œuvre se résume à quelques milliers de clichés noir et blanc portant de fréquentes petites zones blanches flottantes? J'informai Michael que je trouvais le matériel intéressant, tout en sachant que ma voix manquait de conviction et qu'il ne pouvait être trompé. J'avais regardé les centaines de photographies de chiens et j'avais pris ma loupe, curiosité malsaine, pour voir si je n'apercevrais pas par hasard une libellule, une abeille ou une chenille grimpant le long d'un tronc d'arbre. William avait certainement photographié à son insu des milliers de puces et de tiques. J'avais déjà écrit l'aventure de Mimi et Bibi aux prises avec une puce qui refusait de se mettre au chaud dans leur

26

fourrure. La puce tentait vainement de leur faire comprendre qu'elle n'avait pas froid mais faim… Je m'égare. Le problème, dans le cas de Michael, c'est qu'il prétendait que ce n'était pas le hasard qui avait fait se croiser nos chemins dans un cimetière. Il me rendait malade. Ceux qui croient à la destinée, aux univers parallèles, à l'absence de hasard, au karma, à l'au-delà, au *Yi-king* et à l'astrologie suscitent chez moi le scepticisme quant à leur jugement. Mais la générosité et l'absence de malice de Michael me rendirent encore plus odieuse à mes propres yeux et j'eus peine à me regarder dans le miroir.

Je tournai en rond pendant plusieurs jours avant d'avoir un semblant d'initiative. Je classai tous les clichés par thèmes et par ordre chronologique. J'alignai les maisons, les édifices, les rues, les ruelles, les chiens et les autres. Les chiens, tous des labradors, avaient apparemment eu la cote auprès de William. De tous les William. J'en comptai plusieurs centaines depuis celui du petit chien ma-lingre, qui était en fait un chiot labrador. Celui-là portait la date du 12 octobre 1957, et William était né en 1950.

Je n'ai jamais eu d'affinités avec cette race de chiens, mais William semblait s'être tellement amusé avec eux que j'acceptai de recevoir ma première leçon sur les labradors. J'en tapissai donc les murs du salon double afin qu'ils m'apprivoisent, heureuse tout de même de les savoir muets, repus et continents pour la vie. Je les observai pendant des jours et des jours, obsédée par la tristesse de leur regard. Je n'avais jamais remarqué auparavant que les chiens pouvaient froncer les sourcils, faire une moue contrite, et même un semblant de sourire amer ou de grimace douloureuse. Je suppliai le William de sept ans de me raconter l'histoire du petit labrador terrorisé aux pattes flageolantes.

Tout noir et blanc que fussent les clichés, j'ai réussi à reconnaître les couleurs des labradors, différenciant les blonds, les noirs et les chocolat. Plus les jours passaient, plus mon silencieux chenil m'envahissait. Je formulai l'hypothèse que William avait possédé plusieurs labradors et qu'il avait eu, à en juger par leur quantité, une nette préférence pour les chocolat.

Un matin où j'étais au téléphone avec un employé de la compagnie d'électricité qui me rappelait d'une voix sèche mais terriblement nasillarde que non seulement je n'avais pas payé mes comptes mais qu'en plus j'avais ignoré tous les avis reçus, un détail sur les photographies retint mon attention. Je ne pus réprimer un petit cri qui saisit mon interlocuteur. Je tentai de le rassurer en l'informant que seuls les chiens chocolat avaient eu la permission d'entrer dans la maison. D'un ton poli, à la limite de l'inquiétude, il me répéta une dernière fois son boniment avant de raccrocher.

Je raccrochai à mon tour et m'avançai vers les clichés. J'avais raison : tous les chiens noirs ou blonds avaient été photographiés à l'extérieur, dans un parc, dans la rue, à la campagne. Tous sans exception. En revanche, les chocolat avaient eu un traitement différent. Mon intuition avait été bonne : William avait préféré les chocolat. Petit gourmand, va!

William marche d'un pas fier et sautillant, la laisse de son beau chien enroulée autour du poignet. Sa mère l'a autorisé à le promener jusqu'à St. John's Park pour l'y faire courir et nager, mais en l'incitant à la prudence, l'index pointé en l'air, comme elle le fait chaque fois qu'il s'y rend, car le parc longe une rivière. Le chien, cherchant à connaître leur destination, l'interroge du regard. William le félicite à voix basse de son obéissance et lui promet une surprise, cachée dans sa poche. Il continue à chuchoter les pique-niques qu'ils feront tous les deux un jour à la vraie campagne quand il sera assez grand pour conduire une automobile.

Chaque fois qu'ils croisent un passant également propriétaire d'un chien, William s'arrête quelques instants pour le questionner ou parler de la pluie qui est ennuyeuse parce que sa mère exige qu'il porte un imperméable et des bottes et lui interdit de faire entrer son chien dans la maison sans lui avoir nettoyé les pattes. Il parle aussi du beau temps qui lui permet de faire des photographies de son chien, un labrador chocolat qui aime courir, sauter et nager. Pendant la conversation, les bêtes se reniflent, frotti-frotta, truffes et troufignons. Il continue finalement son chemin, ravi d'avoir rencontré une personne aussi gentille et un chien aussi beau.

William arrive au parc, défait le fermoir du collier et regarde l'animal bondir et courir contre le vent. Il se hâte de prendre son appareil photo porté en scapulaire autour du cou. Son chien sait sourire comme lui-même ou froncer les sourcils comme le fait sa mère quand il couine. La bête plonge finalement dans l'eau et éclabousse William, qui sort de sa poche la surprise annoncée, une canette vide de jus de tomate. Il la lance au chien qui l'attrape au vol et la rapporte dans sa gueule en nageant avec énergie, aussi fier que s'il avait repêché un canard. Le jeu se poursuit jusqu'à ce que William, contraint de rentrer pour faire ses devoirs, emplisse la canette d'eau et la lance une dernière fois. L'animal se précipite pour la recueillir, mais elle coule à pic avant qu'il ne la saisisse. William comprend difficilement la tristesse de son chien qui, certain d'avoir perdu au jeu, sort de l'eau, bredouille et confus. William fait un cliché de sa moue, un arrache-cœur de moue, impossible à comprendre mais qu'il ne veut jamais oublier.

Je me couchai, ce soir-là, soulagée à l'idée qu'il pouvait y avoir quelque chose d'intéressant dans la collection de chiens de William. J'étais toutefois intriguée par un autre détail sur lequel je ne pouvais mettre le doigt. Je ne sais si c'était dû à l'épuisement émotif causé par l'absence de Nathan ou à la nausée de me trouver face à des chiens du matin au soir, mais je ne cessai d'avoir des insomnies. En désespoir de cause, je me relevai et, en pleine nuit, je sortis l'escabeau pour pavoiser les murs de la cuisine de photos de maisons. Je décrochai mes reproductions de natures mortes impressionnistes, pour les abandonner dans un coin et troquer leurs teintes criardes contre la grisaille des images de William. Quand j'eus terminé, j'éprouvai le désagréable sentiment d'avoir abandonné mes deux pièces principales aux mains d'un mort au regard parfois terne, sans éclat et sans imagination. Pendant plusieurs jours, je reléguai mon chenil aux oubliettes et passai le plus clair de mon temps assise à la table de la cuisine, à scruter chacune des cinq cent quatre-vingt-douze photographies, ne les abandonnant qu'à l'heure des repas, où je réintégrais le chenil du salon double dont la moitié me servait de salle à manger.

À défaut d'écrire un livre, je fis travailler ma mémoire et classai les clichés de maisons chronologiquement et par genres. Je regroupai ainsi les maisons individuelles, les cottages, les immeubles, les magasins et les édifices publics. Toutes les photographies avaient été prises en zone urbaine, à l'exception de quelques-unes qui laissaient soupçonner un environnement rural ou champêtre. Je ne compris pas pourquoi William, le petit comme le grand, avait fait de nombreuses photographies de fenêtres et de portes, quoique en quantité beaucoup moindre que les maisons. J'émis donc l'hypothèse que c'était ainsi qu'il commençait ou terminait ses rouleaux de pellicule. Bonjour. Au revoir. Une sorte de signature.

Un matin pluvieux, quinze jours après l'enterrement, je me levai la lèvre boudeuse. J'avais passé trop d'heures à regarder des photographies insignifiantes avec le sentiment morbide d'avoir mis mon cerveau en hibernation. J'allais sortir de la cuisine, un bol de céréales à la main, quand je m'arrêtai soudain, la cuiller suspendue à mi-chemin de la bouche et du bol. Par quel vicieux hasard n'avais-je pas reconnu une des fenêtres de l'appartement de Michael?

Je ne sus comment me contenir lorsque je joignis Michael par téléphone. J'avais identifié deux photographies de la maison où il habitait et lorsque je lui demandai pourquoi il m'avait caché ce détail, il fut sincèrement surpris. Si je n'avais pas reconnu tout de suite la fenêtre de son salon en contre-plongée, j'avais reconnu la poignée de la porte de la façade grâce à l'anachronique kitch du laiton. J'avais profondément blessé Michael en l'accusant de m'avoir caché ce qu'il ne pouvait savoir — comme on peut être inconscient! — et il mit fin à la conversation abruptement en m'invitant à voir la maison de William si cela m'intéressait!

La maison de William...

Quel amateur j'avais été! J'avais fait un travail erratique, sans plan, sans repères, bref, sans structure. Partie à la recherche de l'âme du petit et du grand William, j'avais négligé le fait que l'âme était toujours enveloppée d'un corps qui devait bien dormir quelque

part, manger, uriner, travailler, rire, pleurer…
William n'avait tout de même pas été un
être éthéré ni un extraterrestre. Je m'en
voulus d'avoir travaillé comme une lycéenne
qui s'attarde au choix de son stylo et qui
considère ce qu'elle va écrire comme secondaire par rapport à la couleur de l'encre
et à la qualité du papier. La forme, rien que
la forme, et fi du fond! Illuminée, je décrétai
qu'il y avait un mystère dans la vie de William
et je m'enorgueillis de savoir qu'il avait laissé
derrière lui mille quatre cent quarante-huit
photos de labradors, cinq cent quatre-vingt-
douze clichés de maisons ou de détails archi-
tecturaux – fenêtres et portes –, les images de
trois écoles, d'un hôpital, d'une clinique, de
onze magasins, de quelques églises et édifices,
et de deux aérogares. Foutaise de merde!
Jamais je n'avais pensé à demander à Michael
ce qui avait tué William, pas plus que je
n'avais cherché à savoir où il avait habité.
J'avais travaillé comme pour mes insectes,
commençant à planter le décor des aventures
de William sans avoir vraiment cherché à
le connaître. Il me fallait repartir à zéro.
Répondre, comme une journaliste, au *W5*.

Who? What? Where? When and why? Qui, William? Quoi, William? Où, William? Quand et pourquoi, William?

* * *

Elle était là sous mes yeux, victorienne et fière, quoiqu'un peu marquée par le temps. Je me présentai au rendez-vous en avance et avec une frousse terrible, consciente que cette visite mettrait mon projet sur la bonne voie ou le ferait dérailler. William Wilcox avait habité le 4664, Meadow Street. Pourquoi n'avais-je pas regardé dans l'annuaire télé-phonique?

Le petit William était-il rentré de l'école en courant pour franchir cette porte et aller tout droit dans la cuisine manger un biscuit et boire un verre de lait avant de ressortir jouer avec son labrador? Le jeune William s'était-il assis dans ces marches, tenant timidement la main d'une jeune voisine et quêtant du regard la permission de l'embrasser alors que les lumières étaient toutes éteintes et que le chien, roulé contre sa cuisse, ronflait dou-cement? C'était donc d'ici que partait le grand William tous les matins pour y revenir le soir. Était-ce à cette fenêtre que le chien l'attendait fébrilement? Jusqu'à ce que le petit William finisse par s'incarner dans mon esprit, j'avais été tellement obnubilée par ses maisons, ses fenêtres et ses chiens que j'avais négligé l'œil qui les avait regardés et immortalisés.

Je fus enivrée par la vue des lieux qu'avait habités William et il ne me vint pas à l'esprit qu'ils puissent un jour me hanter. Bien qu'ignare en architecture, je savais heureusement que cette maison en pierres grises n'était pas d'un sombre style Tudor mais d'inspiration victorienne. Afin de permettre aux propriétaires d'avoir un occupant à l'étage, la façade avait été balafrée d'un escalier de fer forgé noir et... Façade balafrée d'un escalier noir... Je reculai, traversai la rue, et, plissant les yeux, je reconnus la première photo du petit William, celle datée du 11 septembre 1955, alors qu'il n'avait que cinq ans. Cinq ans, et j'en avais critiqué l'imprécision... William avait dû trembler à la fois de plaisir et de maladresse en appuyant sur le déclencheur, et Grace, sa mère, avait dû lui rappeler en riant qu'il ne devait pas fermer les deux yeux mais un seul.

C'était sa maison. Je voulus en faire le tour, mais elle était coincée entre les maisons voisines, dont la construction semblait postérieure; elles dataient des années quarante, alors que celle de William datait certainement des années vingt. Je contournai toutefois le quadrilatère pour voir l'arrière et je découvris un solarium dont les vieilles vénitiennes de bois ajourées me laissèrent entrevoir les motifs floraux d'un papier peint. J'eus hâte d'entrer.

Michael apparut au coin de la rue, ayant troqué son chien contre une canne blanche dont il balayait le trottoir d'un mouvement cadencé. Je le regardai venir, impressionnée par l'assurance de sa démarche. J'allai à sa rencontre, le saluai et lui demandai si son chien était malade. Il me dit que son animal souffrait d'une violente gastroentérite et qu'il avait été contraint de le laisser seul dans sa petite cour. Il portait encore un jeans, et, lorsqu'il fut à ma hauteur, je remarquai que ses cheveux étaient toujours retenus par un élastique rouge. Je ne l'avais revu qu'une fois depuis les funérailles, ce jour où il m'avait confié les chemises bourrées de photographies. Il me parut différent, plus amer, plus inquiet, et je perçus chez lui un malaise que je ne pus expliquer autrement que par son deuil récent. S'il était comme moi, à qui Nathan manquait terriblement, il devait énormément souffrir de l'absence de William. Je n'aurais jamais pu entrer dans l'appartement que Nathan et moi avions meublé de nos amours.

Michael m'informa que les biens de William avaient été placés sous la responsabilité du Curateur public et que nous étions là pour faire l'inventaire de la succession. Je blêmis. Ce qui pour moi s'était annoncé comme un merveilleux et troublant voyage dans le temps et dans la vie du petit William venait de se changer en un déplorable abus de pouvoir des autorités sur un mort sans défense. J'en voulus à Michael de ne pas m'en avoir prévenue et, n'eût été sa cécité, je l'aurais invectivé, les yeux plongés dans les siens. Privée de son regard, c'était à mon tour d'être aveugle.

Michael m'apprit qu'il avait pu, à titre de seul proche, prendre les chemises de photographies, destinées de toute façon à l'incinérateur, et payer d'une obole les appareils photographiques de William. Je tiquai sur le fait qu'il aurait été le seul proche de William alors qu'il le connaissait à peine, mais c'était la première fois que je l'entendais mentionner ses appareils photo. J'en fus émue. Je voulais les voir, les toucher, les manipuler, poser le doigt sur les déclencheurs pour entendre leur déclic. Superposer mes empreintes digitales à celles de William…

Je gardai pour moi ces pensées irrationnelles et demandai à Michael si William avait conservé les appareils de son enfance. Il me répondit que oui. Le petit William avait fait la photo de la maison hors foyer et celle du chiot avec un *Baby Brownie.* Il me prit l'envie de tenir l'appareil dans mes mains et de le coller à mon oreille au cas où, à l'instar des coquillages qui font entendre la mer, il aurait recelé un rire d'enfant, ou un couinement de chien, ou le bruit des sabots du cheval du laitier.

J'étais là sur le trottoir, tenant la main d'un petit garçon imaginaire, et j'allais raconter à Michael la première photo de William lorsqu'il m'apprit sans préambule que William s'était effondré dans la rue, victime d'un infarctus. Oh! non, comme Nathan…

Qu'est-ce que c'était que cette manie de s'effondrer un peu partout et de précipiter ses amis en enfer? Michael ajouta que non seulement William était mort intestat, mais que personne, absolument personne, ne s'était déclaré son parent. Aucun fantôme d'oncle, de tante ou de cousin éloigné n'avait été trouvé dans les placards.

Ces révélations me parurent si anachroniques que je pensai, l'espace d'un instant, qu'une telle fin de vie ne pouvait être que de la fiction. Depuis deux semaines, j'avais essayé de comprendre le petit William. Je lui avais demandé de m'aider à connaître ses chiens. Je m'étais mise derrière lui lorsqu'il avait photographié le chiot chétif, les maisons, les écoles. D'une fine écriture et d'une main malhabile, il avait inscrit au verso de chacun de ses clichés la date et l'heure. Il avait compris que sa mémoire était infidèle. Je demandai à Michael s'il savait à qui William avait montré ses photos et il ne put me répondre, bâillonné par l'arrivée de la représentante du Curateur public.

La dame me fit un signe de reconnaissance et s'approcha, un sac en bandoulière, la poitrine écrasée par un porte-documents. Elle était vêtue d'un tailleur bleu marine sur lequel elle avait piqué une épinglette pour retenir un carré de polyester chamarré. Elle trouva le moyen de nous serrer la main, d'une poigne ferme, avant de se diriger vers la porte d'entrée, qu'elle ouvrit d'un coup de hanche après avoir tourné la clef dans la serrure. Elle nous précéda en affirmant, d'une voix qui ne semblait pas troublée par les lieux, qu'il fallait absolument aérer cette maison fleurant la tristesse. *Parfum de tristesse,* quel joli titre de livre! Je voulus humer la tristesse, la renifler, me placer le nez au-dessus d'un flacon et éternuer. Michael, après avoir franchi le hall sans encombres, se dirigea vers le salon et s'y laissa choir dans un fauteuil. Du coup, il eut l'air d'un pierrot épuisé.

Paralysée par le trac, je restai sur le pas de la porte, où je sentis la solennité de l'instant. Je réussis finalement à pénétrer dans le salon, y éprouvant aussitôt une sorte de recueillement que je ne pensais pas pouvoir revivre. La seule fois de ma vie où je m'étais sentie aussi opprimée et écrasée par le mystère, ça avait été lors de mon unique voyage avec

Nathan, en France, lorsque nous avions visité la grotte du Pêche-Merle, dans le Lot, un lieu de mort pétrifiée. Des gribouillages sur les murs, pathétique effort de l'homme pour se creuser un sillon dans l'éternité. J'avais apprécié le privilège de pouvoir pénétrer au milieu de ces âmes dont l'histoire est encore une équation aux multiples inconnues. J'avais été si impressionnée, je m'étais sentie tellement humble devant la grandeur du mystère que je m'étais demandé si je saurais retrouver un sens à la vie, surtout lorsque j'ai vu une trace de pas qui semblait fraîche et que les siècles n'avaient pas réussi à effacer. Je me suis affligée devant la pathétique aspiration de l'homme à l'immortalité. Nathan trouvait que j'exagérais l'importance de la mort de ces hommes des cavernes et que le temps n'avait jamais rendu les décès plus ou moins tristes, ni plus ou moins odieux, ni plus ou moins importants. Le temps ne faisait que les multiplier, sans plus.

Je demandai à la responsable du dossier si nous pouvions la suivre pendant qu'elle dressait l'inventaire et elle répondit que cela allait de soi. J'entrai donc dans le salon et demandai à Michael s'il était prêt pour la tournée. Il me répondit qu'il n'en avait pas encore la force. Ce simple aveu, sans excuse et sans prétexte, me déchira, et je m'agenouillai devant lui pour lui demander ce qu'il attendait de moi. Il me répondit ce que je savais déjà : il voulait mes yeux. Je mis donc mon regard à sa disposition pour lui décrire la maison en dimensions, en formes et en couleurs.

L'agent du Curateur public faisait le relevé des objets du logement de William en parlant dans un petit magnétophone. Elle commença par la cuisine, qui ressemblait à la cuisine typique des années cinquante, et si son aménagement avait survécu aux décennies, je remarquai le vernis écaillé de la porte des cabinets. Quant au plancher, il était recouvert d'un épais linoléum, usé jusqu'à la corde devant l'évier, la cuisinière et le réfrigérateur tout neuf. L'agent ouvrit toutes les portes des armoires et ses propos étaient sibyllins : «Assiettes, plats, articles ménagers, casseroles, poêlons : aucune valeur; Armée du Salut.» Dans ma tête, je complétai, pour Michael.

Les assiettes, Michael, ont de petites fleurs jaune délavé et je devine qu'elles ont déjà été cerclées d'une ligne dorée. Le plat à vaisselle, Michael, est en émail beige avec des taches noires. On aperçoit ici et là de petits éclats dans l'émail qui laissent voir un peu de rouille. Les casseroles sont en aluminium cabossé, sauf une cocotte Le Creuset, orange. Peux-tu imaginer orange?

Nous nous dirigeâmes vers la salle à manger et je tapotai l'épaule de Michael au passage. Elle dicta : «Expertiser le mobilier.»

Il est de chêne, Michael, teint presque noir, comme on le faisait à l'époque, cachant le grain du bois.

«Le lustre, les tasses d'Angleterre et les pièces d'argenterie : encan.»

De la salle à manger, nous revînmes au salon et elle tourna autour de Michael comme s'il n'avait été qu'une tache graisseuse sur le velours élimé du fauteuil. «Canapé, fauteuils : pas mal; expertise. Tapis : Armée du Salut. Cadres et torchère : encan. Rideaux : dépotoir.»

Nous passâmes ensuite à la chambre et elle ouvrit tiroirs et placards, pour n'y trouver rien d'extraordinaire. Il n'y avait dans le logement qu'une seule chambre à coucher, au mobilier lourd et disparate, et je m'interrogeai sur les raisons qui avaient poussé William à le conserver. «Lit, coiffeuse et commode : intéressants; expertise. Table de chevet dépareillée et bancale : Armée du Salut.» Les tentures de velours semblaient si crasseuses – «dépotoir» – que je n'osai les toucher, de crainte qu'elles ne s'effilochent et ne tombent en poussière. Les vêtements – «dépotoir» – de William étaient sans goût, sans coupe, sans genre – tiens, il chaussait du 9 –, et il avait certainement disposé de ceux de sa mère après le décès de celle-ci, ne conservant qu'une robe de velours – «dépotoir» – comme une relique. Comment imaginer qu'un homme de quarante ans puisse dormir sur un matelas posé sur un sommier à lattes métalliques rouillées et grinçantes? La femme que je suis se demanda secrètement s'il en avait déjà tenu une dans ses bras, avec, comme sons d'ambiance, le craquement des montants du lit, le grincement des ressorts et l'agonie du sommier.

La visite et l'inventaire durèrent plus de huit heures, et ni la dame, ni Michael, ni moi n'avions parlé de prendre une pause déjeuner ou dîner. Michael parce qu'il était encore triste, moi parce que j'étais trop excitée par mon voyeurisme. Quant à la dame, elle nous informa qu'il ne lui manquait que quelques heures de temps supplémentaire pour pouvoir prendre une gentille semaine de vacances. Doublement prévoyante, elle avait apporté deux sandwiches et des cookies qu'elle nous mangea au nez en s'excusant de ne pas en avoir suffisamment pour trois.

Pendant la visite de ce logement où presque rien n'avait bougé depuis des décennies, je pus, comme je l'avais souhaité, voir le petit William attablé dans la cuisine devant un verre de lait frais, peut-être de cacao Fry's. Je compris aussi que, lorsque le petit ou le grand William sortait promener son chien, il prenait son coupe-vent à l'un des crochets du vestibule et attrapait la laisse suspendue à côté, comme en faisait foi une minuscule tache noire là où le fermoir métallique avait frotté contre le mur. Quelle étrange sensation que ce voyage dans le temps qui me permit de le regarder vivre! Je m'amusai follement devant le décor d'une scène de théâtre sans éclairages et sans acteurs, où allait se jouer une pièce dont je serais l'auteur.

Nous avons procédé rapidement dans la salle de bains et dans le sous-sol, mais la chambre noire de William fut passée à la loupe, et c'est Michael qui, de nouveau sur ses pieds, y travailla de ses doigts pour tout décrire et évaluer. Il était fébrile, reconnaissant parfois tel ou tel appareil pour avoir déjà *vu* William l'utiliser. Je n'arrivais pas à m'habituer à cette façon de parler qui était la sienne. Sa cécité me gênait encore et je devais me faire violence pour comprendre le mystère de cette vue qu'il exerçait par les doigts et par les oreilles. À son avis, nous dit-il, William avait englouti toutes ses économies dans cette chambre noire toute neuve. Cette remarque me chagrina terriblement et j'étais de plus en plus confuse. «Expertiser équipement chambre noire.» J'entendis murmurer hypocritement cette femme sauterelle au corps venimeux crachant son poison de préjugés dans le magnétophone et j'en fus choquée pour Michael, lui-même un expert.

Soudainement, l'air se fit plus rare et je n'arrivai plus à respirer dans cette pièce qui avait pour tout éclairage une ampoule rouge. J'eus la détestable impression d'avoir été précipitée aux enfers et je sortis prendre un bol d'air. Le dernier commentaire de la mégère avait rompu le charme. Je n'étais plus ébaudie ni amusée. Les commodes étaient devenues les cercueils du quotidien de William; la cuisinière, le piège des odeurs de sa routine; la chambre noire, l'intérieur de son urne.

Au secours! Heureusement, pauvre petit William, que la vie t'a permis de grandir. Nathan, mon amour, ne regarde pas. William vient de me montrer la couleur de la mort et tu ne l'aimerais pas.

Au retour de cette journée éprouvante, je raccompagnai Michael chez lui et nous demeurâmes silencieux, ayant découvert chacun à notre façon un pan de la vie de William. Michael semblait avoir oublié que je n'avais jamais rencontré William, dont nous partagions pourtant les souvenirs. Quel ironique paradoxe! J'avais des souvenirs d'un mort que je n'avais jamais rencontré.

Je rentrai à la maison, le cœur fade. Je fus incapable de me coucher, revoyant sans cesse le lit qui avait bercé en cacophonie le sommeil de William et le placard où la robe de velours me permit d'imaginer que Grace avait été une bourgeoise de bon goût, contrainte à la frugalité par le veuvage. C'est fou comment une simple robe peut nous tromper.

William, son cartable bondissant sur ses reins, revient à la maison. Sa mère a invité des amies pour le thé et elle lui demande de faire un petit ménage avant leur arrivée. Il entre d'abord dans le salon, en fait rapidement le tour des yeux avant de passer à la salle à manger, remarque les cookies dans une assiette recouverte d'un papier paraffiné et les tasses bien posées sur un plateau d'argent poli avec énergie par sa mère. Elle adore sa collection de tasses de thé et il a une peur panique d'en ébrécher une, ou, pire, de la briser. Sa mère place donc toujours les cookies près de celles-ci, sachant qu'il n'y plongera pas la main. Elle lui a appris que ses tasses étaient venues de loin, d'Aynsley ou du Staffordshire, en Angleterre, et qu'elles étaient toutes numérotées et faites de <u>fine English bone china</u>.

Une ampoule du lustre fixé au centre de la pâtisserie clignote de façon détestable puis s'éteint. William ouvre un tiroir du bahut pour en sortir une autre. Il enlève ses chaussures, grimpe sur la table et, se haussant sur la pointe des pieds, visse l'ampoule en forme de lumignon.

Il va trouver sa mère qui se farde devant le miroir de sa coiffeuse, appliquant deux pastilles de rouge sur ses belles joues. Apercevant son reflet dans la glace, elle lui sourit doucement, toujours fière de son fils. William s'installe à ses côtés et caresse la manche de sa jolie robe de velours, encore plus douce que le poil de son chien. Il est trop jeune pour remarquer que la dentelle a jauni et que le velours est tapé aux coudes, aux aisselles et sous la ceinture retenue par une épingle de sûreté dorée.

Il va ensuite dans la salle de bains, passe la main dans la baignoire sur pieds pour s'assurer qu'il n'y a aucun cerne. Sa mère lui a montré comment bien nettoyer la baignoire après son bain, lui expliquant en riant qu'il fallait faire disparaître le rond du petit cochon. Comme elle le lui a aussi appris, il choisit dans la lingerie une serviette brodée de motifs floraux et la suspend à côté du lavabo, pose une savonnette neuve dans le porte-savon, astique les robinets et sort en jetant un dernier coup d'œil derrière lui.

Il ne va dans la cuisine que pour chiper un cookie dans le garde-manger, mais sa mère lui en a mis deux de côté dans une assiette. Elle lui sert toujours des cookies quand il rentre de l'école, mais ceux qu'elle achète pour ses amies sont toujours meilleurs.

Sa mère, sentant le parfum, vient le retrouver et prépare le thé...

J'avais l'intention, quand je retravaillerais ce texte, de parler aussi du réfrigérateur qui avait été changé puisque celui que nous avions vu dans la cuisine était effrontément neuf – «encan» – et qu'une antiquité jaunie m'ayant davantage rappelé une glacière qu'un réfrigérateur – «dépotoir» – avait été déposée dans le sous-sol, dont le plancher de terre battue n'avait jamais été cimenté. Le lave-linge et la sécheuse – «encan» – avaient été installés côte à côté dans la cuisine, dans ce qui avait été le garde-manger, et la vieille machine à laver à rouleaux – «dépotoir ou antiquaire» –, remisée à côté du vieux réfrigérateur.

J'avais maintenant en main les deux réelles premières pages de mon «Projet William», que j'avais intitulé : *Parfum de tristesse.* Je les relus avec excitation. De vraies pages. Un personnage qui se dessinait, un second qui prendrait forme. Des acteurs se mouvant dans un décor dont je devenais l'éclairagiste.

J'étais assez contente d'avoir inventé une pâtisserie au plafond de la salle à manger. Ce simple détail évoquait à lui seul le style victorien de la pièce – les pâtisseries étaient-elles victoriennes ou haussmanniennes?

Dans l'armoire de la salle de bains, il y avait un flacon de lotion après-rasage *Old Spice.* William Wilcox s'était parfumé au *Old Spice* et, pour le sentir, je m'en procurai un flacon. Dommage pour moi que les effets personnels de Grace eussent disparu. Grace... Son nom me la suggérait coquette et gracile, avec des cheveux blancs et longs retenus en chignon par des pinces d'argent. *L'Air du Temps* de Ricci. J'étais certaine que c'était son parfum.

J'étais assez contente aussi d'avoir parlé de sa collection de tasses. Il me semblait que toutes les vieilles Anglaises en possédaient une.

Sur ma table de chevet, il y avait toujours le petit lit de poupée que j'avais acheté, pour rire, à Mimi et Bibi. Tous les soirs, rituel, je feignais de les caresser en leur souhaitant une bonne nuit. Aux aurores, je réussis à me coucher et à m'endormir sur une nouvelle réalité : William était entré dans ma chambre et s'était glissé à mes côtés.

* * *

Pendant les jours qui suivirent ma visite du logement de William, je décidai de me réconcilier avec mon chenil, avide de redécouvrir les chiens, que j'avais ignorés pendant trop longtemps. Je consacrai tout le reste du mois de juin à les regarder, mais quelque chose clochait et je fus irritée par mon incapacité à résoudre l'énigme, si énigme il y avait. Mon appartement ressemblait maintenant de plus en plus à une zone sinistrée après le passage d'une tornade. Je me concentrai sur chacun des clichés, certaine qu'ils me révéleraient un jour quelque chose sur le petit William et sur le grand William.

Les photos, retenues les unes aux autres par des trombones, formaient de longues chaînes blanc et noir. Je regardais les chiens au sortir du lit, je les regardais avant de me coucher, je les regardais en mangeant et il m'arrivait même de les regarder assise sur les toilettes. Devais-je m'absenter de la maison, j'y pensais. Non seulement en étais-je arrivée à les connaître tous, mais j'en baptisai plusieurs et j'appris à les aimer, profondément, sans doute pour les mêmes raisons que William. Quant aux photos de maisons, j'en vins à croire qu'elles n'étaient que des photos de maisons, sans plus.

Un matin du début de juillet, je me levai déterminée à m'emprisonner dans le salon aussi longtemps qu'il le faudrait pour comprendre quelque chose à ces chiens qui m'obsédaient de plus en plus. Je me félicitai de ne pas les avoir suspendus dans ma chambre, parce qu'ils m'auraient empêchée de dormir. Leurs regards étaient incroyables et j'en frissonnai parfois tant ils me suppliaient de les adopter, de les caresser. Encore un peu et je les aurais entendus aboyer. Je n'aurais jamais pu suspendre les mille quatre cent quarante-huit à la fois et c'est la raison pour laquelle je les regroupai par couleurs, leur faisant effectuer ainsi une certaine rotation. Les noirs, les jaunes, les chocolat, puis retour des noirs.

Le chiot malingre tremblotant sur ses pattes était l'ancêtre et j'en fis ma mascotte, transportant partout sa photo plastifiée. Je le nommai Labradorable et je ne cessai de lui parler à voix haute, lui demandant de me dire pourquoi il avait eu si peur. Était-ce William ou le déclic de l'appareil qui l'avait effrayé? Non, il ne pouvait avoir eu peur du petit William, qui n'avait que sept ans. Labradorable avait probablement eu peur de la vie, comme tout petit animal abandonné. Il avait été abandonné, j'en étais sûre, ce qui expliquait sa maigreur, et William l'avait adopté, d'où la photo. Si seulement j'avais pu savoir ce qu'avait vu le chien.

J'avais lu que de nombreux écrivains étaient maniaques, écrivant debout, ou nus, ou saouls, ou costumés, ou après avoir baisé, ou avec une machine à écrire Underwood à clochette…, et j'aimais cette idée. Pour Mimi et Bibi, j'avais choisi avec amour le petit lit, que je mettais tout près de deux chrysalides pétrifiées sur une branche sèche. Pour William, je troquai le tout contre l'after-shave *Old Spice* et la photographie de Labradorable.

Je devins de plus en plus affamée des souvenirs de William et je commençai enfin à travailler de façon systématique en me précipitant sur le bottin. J'y relevai les noms des cliniques vétérinaires situées à proximité de chez William. J'en trouvai trois et je téléphonai, cherchant à savoir si on y avait eu William Wilcox comme client. Une des réceptionnistes, une comique, me répondit que non, mais que son chien, Chocolat, faisait partie de leur clientèle, petite boutade suivie d'un ricanement que je trouvai détestable.

J'obtins un rendez-vous avec le vétérinaire, qui était une femme. À mon arrivée, elle me dit espérer ne pas m'avoir froissée, m'expliquant que j'avais été victime d'une vieille blague. Confrontée à mon préjugé que seule une secrétaire ou une réceptionniste pouvait répondre au téléphone d'une professionnelle, j'en tirai ma leçon. Le docteur Raad s'enquit de la santé de Chocolat. Quand je lui avouai ne pas connaître Chocolat, elle secoua rapidement la tête comme si mon propos l'avait étourdie. Elle me pria de lui expliquer comment il se faisait que je puisse connaître William sans connaître Chocolat. Je grimaçai en avouant n'avoir jamais rencontré William. Mais que faisais-je dans sa clinique? m'a-t-elle demandé, confondue. Je lui fis part de mon intention d'écrire une sorte de biographie-roman-reportage sur William Wilcox. Là, le coup porta tellement qu'abasourdie elle s'assit sur un tabouret. Venait-elle de m'apprendre que Chocolat avait été le chien de Mr. Wilcox? s'enquit-elle. Savais-je qu'il était maintenant le chien de Mr. Gordon et que celui-ci l'avait envoyé à l'école de dressage après le décès du pauvre William? N'avais-je pas remarqué que le chien portait un mouchoir rouge? Je ne sus rien dire, mais je chuchotai quand même que je venais d'apprendre que le chien de Michael s'appelait Chocolat.

La vétérinaire, médecin des bêtes, remarqua que l'oie qui se trouvait devant elle avait eu une chute de tension et elle se leva rapidement pour me céder son tabouret. J'avais le souffle coupé, et je me demandai si j'allais me heurter au ridicule chaque fois que je prendrais une initiative. Encore une fois, Michael m'avait tu une vérité.

Je revis en un éclair les craintes du chien dans le cimetière, où visiblement il n'était pas encore familiarisé avec son rôle. Je compris aussi pourquoi Michael ne l'avait pas emmené au logement lors de la visite. Je réussis à me ressaisir et demandai avec un intérêt peut-être un peu trop feint quelle était l'espérance de vie d'un labrador. «Entre quinze et vingt-deux ans.» Du coup, j'avais une réponse à la question suivante. William n'avait eu qu'un chien et c'était Chocolat, arrivé *puppy* moins d'un an auparavant. Je la remerciai de sa gentillesse et, au moment où j'allais partir, elle me demanda ce qu'il y avait d'intéressant chez William. La réponse qui me vint à l'esprit fut : «Un petit garçon.»

Je voulus rentrer à pied pour prendre le temps de cuver mon chagrin, mais j'étais si bouleversée que je m'engouffrai finalement dans une bouche de métro où je me fondis dans la faune des têtes heureuses, des psychotiques et des hurluberlus de tout acabit. Ce monde ne ressemblait en rien à ce que je voulais croire. Encore une fois, la réalité dépassait la fiction. J'étais peut-être plus sensible à la douleur qui serpentait le long du tunnel parce que je souffrais moi-même d'une amère tristesse, ayant pris la décision – une fois de plus – de faire avorter le «Projet William».

J'entrai dans l'appartement et, une chemise en accordéon à la main, je m'installai dans le salon, déterminée à faire disparaître mon chenil, mais je ne pus me défaire de ces magnifiques et touchantes photographies. Je pleurai comme une madeleine, regardant et embrassant chacune des bêtes que j'enlevais du mur. En fait, je crois que je pleurais pour William qui, toute sa vie, avait voulu un chien et n'avait réalisé son rêve que dans la quarantaine.

Je décidai de reclasser les photos comme William l'avait fait, chronologiquement, et, armée d'une loupe, je fis face à mon amateurisme. Si j'avais pris la peine de regarder les colliers des bêtes au lieu de chercher des chenilles sur les troncs des arbres, si j'avais lu les médailles lorsque cela était possible, je me serais rapidement aperçue qu'il s'agissait de centaines de chiens différents, sauf le labrador chocolat, celui qui avait eu la permission d'entrer dans la maison. Si j'avais réfléchi au lieu de m'agiter à monter et à descendre dans un escabeau, j'aurais compris que seul son chien avait habité avec lui. Les autres avaient été des chiens-rêve, des chiens-désir, des chiens-fascination, à commencer par Labradorable, qui tenait à peine sur ses pattes. Si le petit William l'avait adopté, j'en aurais vu de multiples poses. Je l'aurais vu grandir, courir, nager. Pour quelle raison le petit William l'avait-il abandonné?

William court sur le trottoir de Meadow Street, un cartable lui brisant les reins. Il tient avec affection et inquiétude un chiot chocolat qui, blotti dans son coupe-vent, s'abandonne la tête contre son cou. William attend quelques minutes dans le vestibule avant d'entrer dans la maison, le temps de reprendre son souffle et de trouver les mots qui pourront fléchir sa mère.

Le souvenir de la triste aventure du moineau tombé du nid et qu'il a apporté à la maison est encore vif… Sa mère a exigé qu'il aille le reporter au pied d'un arbre pour que la maman oiseau puisse lui donner la becquée. Il a obéi à contrecœur et s'est tapi derrière une haie pour le surveiller. Soudain, des piaillements d'oiseaux invisibles ont fusé de toutes parts et William a aperçu un chat qui s'approchait de l'oisillon en rampant. William s'est joint au chœur des volatiles pour que le petit s'envole, mais il ne savait pas encore voler. Le chat s'en est saisi d'un coup de patte et s'est sauvé, sa proie dans la gueule, passant juste à côté de William, qui a vu le bec jaune du pauvre oiseau tétanisé d'effroi, ouvert sur une petite langue pointue et rouge. William a couru derrière le chat, qui s'est faufilé sous le solarium de la maison. L'enfant s'est couché à plat ventre en hurlant pour effrayer le prédateur et a glissé un bras sous les planches pour tenter de l'attraper. Comprenant son impuissance, il a retiré son bras, l'écorchant profondément sur un clou, et s'est assis, le front appuyé contre le treillis ajouré, désireux d'accompagner l'oiselet durant toute la durée de son martyre.

William n'est rentré à la maison que lorsque le chat eut réapparu, une plume plantée dans les moustaches. Sa mère l'a consolé en lui disant que la nature était cruelle et qu'il avait fait ce qu'il fallait. Elle lui a expliqué que la becquée du petit moineau n'était qu'une pâtée d'insectes et lui a demandé s'il avait pensé aux mères mouches, chenilles ou papillons dont les petits avaient été happés par les oiseaux. William, lové dans les bras de sa mère qui tenait un linge humide sur sa plaie, a sangloté longtemps après avoir protesté qu'il n'y avait pas de mères mouches, chenilles ou papillons. L'enfant est sorti de ce triste épisode avec deux points de suture au bras et davantage au cœur tant l'écorchure était profonde.

William n'a plus eu la permission de ramasser les animaux en péril ou aban-donnés, interdiction qu'il n'a jamais trans-gressée jusqu'à ce qu'il aperçoive ce chiot errant, perdu et affamé, dans la cour de l'école. Après une nuit de cauchemars, il s'en est emparé et a couru à l'épicerie pour quêter un peu de viande hachée.

William efface le souvenir de l'oiseau, inspire profondément et appuie sur la sonnette, s'affublant d'un sourire pour attendrir sa mère. Elle ouvre et secoue la tête. William plaide la cause du chiot avec désespoir, mais elle demeure intraitable. Il refuse de la suivre chez le vétérinaire s'il ne peut faire une photo-souvenir, ce qu'elle autorise. Ils vont ensuite porter le chiot malingre à la clinique vétérinaire et le vieux docteur Raad promet de lui trouver une bonne maison. Le lendemain, William vient s'enquérir du sort de son protégé dans l'espoir de le revoir. La réceptionniste l'informe que le camion de la fourrière l'a conduit à la SPA.

Comment expliquer ma certitude d'avoir été conforme à la réalité de William? Un petit garçon de sept ans ne saurait sans raison prendre un cliché aussi touchant d'un chiot au regard implorant. L'adulte que je suis ne put s'empêcher de croire que William avait créé un effet miroir en appuyant sur le déclencheur de son appareil photo. À l'instar du petit chien, l'enfant William avait-il eu peur de la vie? Je remis au lendemain ma décision de saborder le «Projet William», et j'achetai un cadre argenté qui servirait de niche à Labradorable. Il allait détrôner Mimi et Bibi sur ma table de chevet.

* * *

J'allai chez Michael pour lui lire mon texte. Il écouta comme si c'eût été parole d'évangile. Il me demanda si je croyais vraiment que William n'avait jamais pu avoir de chien et je répondis par l'affirmative, puisque rien, dans ses photographies, ne semblait indiquer le contraire. C'est alors que je le vis secouer la tête et écraser une toute petite larme. Ah! Michael, tes larmes me tortureront toujours. J'avais prévu de le sermonner pour m'avoir tu l'identité de Chocolat, mais je ne lui reprochai rien, utilisant plutôt les mots les plus gentils que je pus trouver pour le consoler. Je me dirigeai ensuite vers le chien, qui leva la tête, curieux, craignant d'avoir manqué à sa tâche, heureux de recevoir des câlins. Pendant un temps infini, je le caressai et il me lécha les joues et les mains.

Étonnantes retrouvailles d'inconnus. William avait aimé ce chien. Michael aimait ce chien et je l'aimai aussi. Sa truffe humide, ses yeux pathétiques, le courage devant l'apprentissage du métier de guide et le stoïcisme dont il avait fait preuve après la perte de son maître lui avaient permis de trouver des complices chez les humains. Michael me confia que Chocolat cherchait parfois William en couinant, là où il s'était assis, ajoutant que ces moments étaient les seuls où il appréciait sa cécité puisqu'il n'aurait pu tolérer de voir l'impuissance de sa bête. Cet homme avait une poignante façon de me dire son néant noir.

Nous nous revîmes le jour du déménagement. Le camion recula en klaxonnant devant la porte de la maison de Meadow Street et Michael me saisit le bras, me signifiant par ce geste d'abandon que son ami William allait disparaître en ce jour. Il s'appuya fortement sur sa canne, ayant renvoyé Chocolat à l'école de dressage. Le va-et-vient des hommes dans la maison dura plusieurs heures et ils nous ignorèrent complètement, comme si nous n'avions pas plus d'importance que ce qu'ils transportaient. Un aveugle : Armée du Salut. Une femme : peut-être bonne pour encan; à expertiser.

Michael me pria de lui décrire tout ce qui sortait du logement, s'excusant encore de ne pas avoir participé à l'inventaire avec la sauterelle venimeuse du Curateur public. Anticipant cette requête, j'avais passé une bonne partie de la journée à trouver des mots pour lui faire comprendre et voir les objets en question quand je parlerais de fauteuil, de capiton, de frange, de rouge bordeaux, de taffetas changeant, de torsade, de tapis de Turquie, de porcelaine anglaise, de papier peint, de chiffonnier, de commode, de se-mainier… Je traînai Michael par le bras et il posa ses doigts de sonar sur les objets qu'il souhaitait «voir» de plus près. C'était son ultime chance de planter ses souvenirs dans un décor qu'il pouvait imaginer dans l'obscurité de sa tête.

Je commis un mignon larcin dans la chambre à coucher, dérobant la petite robe de velours pour lui éviter la poubelle. Le déménagement se termina par les objets et les accessoires de la chambre noire, bassins, agrandisseur, séchoir à négatifs, dont Michael avait déjà établi une liste complète. Je m'amusai de l'ironie d'avoir été initiée à la mécanique des images de mon univers par un aveugle.

Le camion repartit finalement et Michael demeura seul avec moi dans la chambre de William, debout devant la fenêtre dénudée. Il me confia alors qu'il avait dormi dans cette chambre le soir de la Saint-Sylvestre. Il se tourna vers moi et me demanda de lui faire voir une dernière fois l'appartement au complet, m'expliquant qu'il y était venu à quelques reprises mais n'avait jamais pu le mémoriser.

Nous fîmes donc le tour des pièces et je plaçai des meubles imaginaires à l'endroit que les meubles réels avaient occupé, les marques, les traces et les taches me facilitant la tâche. Alors Michael compta, marcha, recommença, compta, marcha et recommença, me demandant de lui indiquer la trajectoire la plus sûre pour se déplacer de la table de la cuisine à la salle de bains, de la salle de bains à la chambre de William, de la chambre à la porte d'entrée. Il fit ensuite des variations, partant de la porte d'entrée pour se rendre à la chambre de William ou à la cuisine, à l'escalier du sous-sol, à la chambre noire. Il procédait comme s'il jouait au billard, annonçant chacun des mouvements qu'il allait faire, et il se réjouissait si je n'avais pas dû lui éviter de heurter une chaise, une table ou un mur. Sa détermination m'impressionna et m'émut à la fois. Il décida enfin que le logement lui était assez familier pour qu'il puisse se le rappeler et il souhaita partir. Il m'apparut extrêmement troublé et j'espérai secrètement qu'il m'invite chez lui, misant sur l'émoi de la journée pour le rendre disert. Je regrettai rapidement mon souhait devant sa visible douleur. Il y a des moments où je me répugne, ayant le sentiment d'être une espèce de piranha des âmes, une carnivore du drame, une sangsue de l'essence des êtres. Son sombre chagrin m'aspira dans le remous de ses ténèbres.

* * *

J'allai à l'encan où on vendit les biens de William et j'en ressortis dégoûtée. J'avais espéré y rencontrer des personnes ayant connu William, mais je suis rentrée bre-douille, n'y ayant vu que des pilleurs, des resquilleurs de vies. Je les avais regardés lever un bras discret devant le commissaire-priseur, qui pour des pièces d'argenterie, qui pour obtenir le lave-linge et la sécheuse, qui pour l'équipement de la chambre noire. Une dame fardée comme une chanteuse de music-hall s'était, quant à elle, précipitée sur les tasses anglaises et je l'approchai discrètement pour lui demander si elle avait connu Grace. Elle battit des faux cils dont le droit était décollé à la commissure intérieure de l'œil et pinça sa bouche déjà plissée. «*Grace who?*» Je ne cessai de penser à la futilité et à la fugacité de l'existence, ayant en aversion chaque personne présente qui avait acheté à rabais les maigres vestiges de la vie de William. Aussi bien battre ma coulpe tout de suite, car je fus incapable de voir son lit disparaître aux mains de ces étrangers sans cœur qui ignoraient que William était mort seul, à quarante-quatre ans, et je levai ma palette pour attirer l'at-tention du commissaire-priseur. Je dépensai une somme rondelette pour le lit – les autres parieurs avaient été coriaces – et j'espérai ne pas être punie de cette dépense folle par des insomnies ou des cauchemars.

Je sortis du local avec le sentiment qu'on avait roulé la pierre devant l'ouverture du tombeau dans lequel on m'avait enfermée par erreur avec William. Je rentrai à la maison dans un état larvaire et il me fallut trouver la force de creuser pour me faire renaître.

* * *

Inutile de chercher midi à quatorze heures. Pour quelles mystérieuses raisons avais-je négligé de faire confiance à William qui, dès l'instant où je m'étais intéressée à sa vie, m'avait agrippé la main et la retenait depuis pour m'indiquer le chemin? J'avais cherché un mystère par la lentille de mon petit bonhomme, mais il n'y en avait pas. J'aurais dû le comprendre au moment où j'avais reconnu sa maison et l'escalier qui avait empêché le soleil d'égayer la chambre dans laquelle il avait dormi pendant presque toute sa vie avant de confier son sommeil aux murs de la chambre de sa mère. Il était devenu si familier avec la pénombre qu'il avait, dès que cela avait été possible, fait de sa chambre une chambre noire. Michael m'avait indiqué que son équipement n'avait pas plus de six mois d'usure lorsqu'il était décédé.

Je n'eus qu'à dérouler l'interminable rouleau de ses pellicules pour me placer sous sa tutelle et m'abandonner à son univers noir et blanc. Omettant les chiens, sauf Labradorable et Chocolat, je repavoisai les murs de mon appartement, décidée à le suivre pas à pas dans ce qu'avait été sa vie. William le grand photographe avait vu le jour au premier cliché de la fenêtre de sa chambre.

C'est ainsi que William me conduisit devant un édifice en pierres que j'identifiai comme un hôpital. Tout se confondit dans mes pensées, le petit William et le grand William ayant toujours vu la ville d'un même regard, fugace et maladroit chez le petit, sophistiqué, assez déformant pour m'embêter, chez le grand. Je cherchai longtemps dans la ville quel hôpital en pierres de taille William avait visité. C'est fou comme les vieux hôpitaux en pierres sont nombreux et je passai des jours à retrouver le bon. Je butinai de l'un à l'autre, tentant de reconnaître la texture des murs.

L'hôpital était le Ste. Claire's et j'en foulai le terrain pendant trois autres jours. Je déplaçai ma chaise pliante tous les dix mètres, sortit mes photographies de fenêtres et jouai avec mon puzzle.

Subtil petit William. Avec qui as-tu joué à cache-cache? Pourquoi essaies-tu de voir sans voir, t'amusant à installer ton œil de Baby Brownie *devant une fenêtre ombragée ou derrière les branches d'un arbuste? Est-ce parce que tu veux être le seul à connaître tes secrets?*

Je promenai ma chaise comme un arpenteur-géomètre son théodolite. Je finis par déduire que William avait pris en photo la quatrième fenêtre de droite, au septième étage.

J'y montai, un peu surexcitée, j'en conviens.

Tu es venu ici, William. Tu as marché ici, William. Tu as appuyé sur le bouton de l'ascenseur…

Je me retrouvai au département de cardiologie.

Oh! non, William. Avais-tu le cœur malade, mal fixé dans la poitrine?

Je me dirigeai vers la chambre, repérée en comptant les fenêtres, et je pénétrai dans ce qui avait peut-être été la chambre du petit William

Wilcox, âgé d'à peine cinq ans si j'en croyais la date inscrite au verso de la photographie, prise quelques jours à peine après celle de sa maison.

Une jeune mère assise près de son enfant tourna la tête et me dévisagea d'un œil interrogatif.

Bonjour, mon petit William.

Je m'excusai et demeurai dans la chambre, prétendant que mon frère avait été hospitalisé là dans les années cinquante et qu'il venait de mourir d'un infarctus. Je regrettai aussitôt ces paroles en voyant le regard désolé de la jeune mère et je m'empressai d'ajouter qu'il serait encore bien vivant s'il n'avait abusé de la vie en buvant comme un trou, en mangeant trop, en jouant aux cartes des nuits durant et en pratiquant le tennis et le racquetball…

Maudit Nathan!

Elle sembla rassurée et me demanda de quoi avait souffert mon frère. Sa maladie, lui répondis-je, avait toujours été un mystère dans la famille et j'étais justement à l'hôpital pour obtenir des précisions car j'avais l'intention de devenir enceinte sous peu. Elle me rassura à son tour, affirmant qu'il était rare que les pathologies cardiaques soient héréditaires ou génétiques – apparemment, j'étais en présence d'une mère bien informée – et qu'elle-même attendait un deuxième enfant – de là son savoir. Elle m'expliqua longuement que son fils souffrait d'un grave souffle au cœur, ne m'épargnant dans son récit aucun essoufflement, aucun bleuissement, aucune peur. Durant cette courte visite, je scrutai les murs, cherchant des traces qui auraient survécu à quatre décennies de nettoyage, de travaux et de peinture. Rien. Je me concentrai ensuite sur la ligne brisée de l'électrocardiogramme, puis je fermai les yeux pour écouter les sons amplifiés du cœur de l'enfant, avant d'entendre les bruits de la rue et de la tuyauterie. Je tournai mon regard vers le visage du petit malade, vêtu d'une blouse d'hôpital jaune ornée d'un ourson. Il s'accrochait à la main de sa mère, ou était-ce elle qui retenait la vie de son enfant? Grace avait-elle été une mère comme celle-ci?

Je sortis de la chambre en psalmodiant toutes les formules de politesse possibles et l'infirmière du poste me dit ignorer si le département de cardiologie avait toujours été à cet étage. Elle me dirigea vers les archives, où apparemment ma question troubla la préretraite de l'archiviste. Cette dernière marmonna quelque chose en regardant au plafond, comme si elle avait joui de la vision de Superman permettant de voir à travers les cloisons. Elle s'humecta les lèvres avant de me dire que oui. Mil neuf cent cinquante-cinq était l'année de son mariage, et, cette année-là, elle était ici, au poste, et le septième était déjà l'étage préféré de la direction pour attirer les journalistes puisque les petits enfants au cœur malade étaient excellents pour les levées de fonds. Elle ajouta qu'aujourd'hui les journalistes préféraient l'oncologie et ses petits chauves, exception faite des greffés cœur-poumons, toujours spectaculaires avec leur visage de pop-corn gonflé par les médicaments antirejet…

Pop-corn toi-même, harpie de la poussière. Au secours!

Grace fait les cent pas dans le couloir, anxieuse de rencontrer le médecin qui lui donnera le résultat des examens. Le diagnostic sera-t-il une heureuse nouvelle ou ressemblera-t-il davantage à une condamnation, à un verdict sans appel?

Son William vient de s'endormir, le visage pâle, cerné, marbré de bleu, et elle lui replace la main droite sous la couverture, cette main qu'elle tient pour le rassurer alors qu'elle-même appréhende tellement la réponse du médecin que le ventre lui fait mal comme si ses entrailles lui sortaient par le nombril.

Grace se dirige vers le salon et s'installe devant la fenêtre, d'où elle aperçoit les enfants rentrant de l'école. Son William irait-il à l'école? Pour brouiller son angoisse, elle demande une cigarette à une dame plutôt vulgaire qui fume à la chaîne. Elle s'étouffe si violemment que la dame lui tape dans le dos et court lui chercher de l'eau à la fontaine.

Le médecin arrive enfin et la salue sèchement, ayant apparemment autre chose à faire que de chercher des parents. Il ne l'invite même pas à s'asseoir, et c'est debout sur ses gros talons qu'elle apprend que son fils devra, pour quelques années, cesser de courir, de sauter, et éviter de s'essouffler. Elle entend «malformation», «souffle au cœur», «cœur fragile», «pas comme les autres». Elle réussit à réintégrer son âme lorsqu'il lui suggère de le faire dessiner, colorier, découper. Il lui rappelle, comme si elle était une idiote, de lui éviter toute activité physique, lui disant, en levant presque l'index sous son nez, que tout ce qui se trouve au terrain de jeu, balançoire, glissoire ou seesaw, est dangereux.

Grace dénoue la blouse d'hôpital jaunie par trop de lavages et dont les cordons s'effilochent. Trop de parents, comme elle, ont dû les tripoter en tremblant. Son fils la regarde de ses grands yeux cernés, hystérique d'avoir appris qu'il rentre à la maison. Il veut sauter du lit, mais elle l'en empêche et lui demande de ne pas trop se hâter.

Ce jour-là, la vie est presque bonne pour William, qui fait un dernier tour du département de cardiologie, perché sur les épaules d'un joueur de hockey escorté d'une meute de journalistes venus voir ces petits enfants aux yeux à moitié morts.

William passe de longues saisons devant la télévision à regarder Howdie Doodie et à crayonner son univers d'enfant malade. Il visite parfois le médecin, dont le sarrau toujours bien empesé craque à chacun des mouvements. William l'aime de moins en moins, parce qu'il lui a menti en lui promettant qu'il irait à l'école. Devant son inconsolable chagrin, sa mère lui offre un Baby Brownie de Kodak et le conduit devant l'école, dont il veut une photographie. Elle lui permet de l'épingler sur le mur de sa chambre, à côté de sa fenêtre coincée sous l'escalier de fer forgé noir qui vibre dès que quelqu'un l'utilise. William a appris à aimer ce bruit, trouvant là quelque parenté avec un chant, et il a toujours parlé de «l'escalier qui chante».

L'école lui fait parvenir ce dont il a besoin et la titulaire de la première année expédie à son élève fantôme des dessins exécutés par ses petits camarades de classe. William, lui, leur retourne des photographies. Tous les petits garçons de première année connaissent la maison et la fenêtre grise sous l'escalier, derrière laquelle Casper le fantôme tient William prisonnier.

* * *

Je ne croyais pas avoir été troublée par ma
visite à l'hôpital, mais, moins d'une semaine
plus tard, j'allai porter une peluche au gar-
çonnet dont le regard cerné de bleu n'avait
cessé de me hanter. On m'apprit qu'il avait eu
son congé et je restai là, l'ourson au bout de
mon bras ballant. J'abandonnai finalement le
toutou sur le comptoir et remerciai l'infirmière, mais elle courut derrière moi pour
me le rendre, préférant que je le dépose dans
le panier destiné aux dons posé près de l'entrée
de l'hôpital. Elle craignait, ajouta-t-elle modestement, de faire preuve de favoritisme à l'égard
d'un des enfants — touchante plaidoirie d'une
infirmière à qui il arrivait parfois d'avoir un
coup de foudre pour un de ses jeunes patients.
Oh! que je la comprenais! Je carburais depuis
plus de deux mois au coup de foudre que
j'avais eu pour un petit garçon disparu depuis
des décennies. J'aimai cette douce luciole,
véritable Florence Nightingale ailée qui tenait
son fanal allumé pour éclairer ses malades. Je
la conjurai d'offrir la peluche à son protégé de
la part d'un petit garçon nommé William.

Forte de ma recherche, je quittai l'hôpital et me rendis à l'école primaire de William. J'avais joué avec le puzzle des écoles et des fenêtres, et je croyais même avoir identifié la poignée de la porte principale. L'école de ses photos était semblable aux écoles primaires des années cinquante, avec sa brique rouge, ses portes de bois et ses toiles foncées tirées devant de hautes fenêtres à guillotine.

Je m'arrêtai longuement devant la bâtisse – elle m'était devenue familière –, puis je marchai dans la cour. J'aperçus soudain trois chenilles s'agitant sur le bitume et je les regardai, me demandant si mon petit William avait aussi aimé les insectes. William était là, près des arbres, échangeant de belles billes colorées avec ses camarades. Il était ici, devant la porte, qu'il avait la responsabilité d'ouvrir pour ses amis. Il était près de moi, à m'indiquer les fenêtres de trois de ses classes du primaire, les autres étant de l'autre côté de l'édifice. Les fenêtres n'étaient plus de bois, mais de résine de synthèse, et les toiles opaques avaient été remplacées par des toiles pare-soleil.

J'entrai par la porte principale, pour me heurter à une énorme punaise malodorante en tailleur kaki, qui, plantée au pied de l'escalier, le coude appuyé contre le pilastre, m'apprit qu'elle avait suivi mes déplacements depuis la fenêtre de son bureau. «On n'est jamais trop prudent, n'est-ce pas?» me dit-elle. Devinant qu'il s'agissait de la directrice, je lui demandai un entretien de quelques minutes, ce à quoi elle consentit en me faisant comprendre qu'elle m'accordait là toute une faveur. En route pour son bureau, je fis mon laïus, lui racontant ma petite recherche sur un certain William Wilcox qui avait fait ses études primaires dans ces murs, etc. Je m'interrompis à peine pour regarder par la porte vitrée la classe de première année de William.

Bonne journée, William!

Elle émit un petit ricanement qui était passé par la gorge avant de sortir par le nez et elle m'offrit une chaise droite, elle-même prenant place dans son fauteuil de directrice, derrière un bureau impeccablement tenu, les papiers y étant bien empilés, le calendrier en vue, le jour de la rentrée marqué au feutre rouge.

J'étalai mes photographies devant elle, en ordre chronologique. Elle les regarda toutes en haussant les épaules d'un air indifférent. «Les temps ont changé, dit-elle, comme en font foi les fenêtres et la couleur des ardoises.» Interloquée par cette remarque ô combien pédagogique – mais que faisaient les fenêtres et les ardoises dans les «temps» académiques? –, je m'abstins de tout commentaire, continuant d'expliquer les photos de William.

Je la méprisai violemment lorsqu'elle me demanda mon âge avec toute la condescendance de l'adulte tout-puissant habitué à asperger les petites âmes fragiles.

Cache-toi derrière moi, William, nous allons nous faire gronder.

Elle poursuivit sur le ton du reproche en disant que je devais être bien jeune pour penser que les écoles publiques conservaient les albums-souvenirs des années cinquante. «Mais non, mais non, mais non, mademoiselle, vous n'y pensez pas! Croyez-vous sérieusement que nous allons sacrifier tout un local pour y entasser du vieux papier?» L'école, précisa-t-elle, avait certainement recyclé tout cela.

Tu as entendu, William? Tu es probablement le seul à avoir conservé un souvenir noir et blanc

de cette époque, ceux de l'école ayant été trans-
formés en pâte et blanchis, et peut-être utilisés
dans les cuisines ou les W.-C.

Je la remerciai en termes polis appris chez
les religieuses et je sortis de l'école, escortée
par la punaise comme si j'avais été une de
ses larves.

*Prends-moi la main, William, parce que si tu
ne me retiens pas…*

À la dernière minute, elle m'avoua être celle
qui avait fait changer, pour des raisons de
sécurité, la poignée de la porte principale. Elle
conclut la visite en laissant tomber une phrase
d'une platitude telle que j'en eus la chair de
poule. Le petit – comment s'appelait-il, déjà? –
devait être un peu le nunuche de son niveau
puisqu'il n'avait apparemment jamais sauté une
année scolaire et qu'il avait un retard de deux
ans sur les autres élèves. «Vous savez combien
les enfants sont méchants», lâcha-t-elle.

*N'écoute pas, William. Michael et moi con-
naissons ton talent. Pourquoi n'écraserais-tu pas
la punaise qui est là sur la première marche de
l'escalier?*

***

Je laissai tomber l'école secondaire, parce qu'on l'avait transformée en immeuble à appartements – seule la punaise et ses semblables pouvaient caresser l'idée d'habiter un tel lieu – et parce que William avait abandonné ses études après avoir complété une onzième année, puisque je n'avais trouvé aucun mémorandum d'université ou d'école supérieure.

Détestais-tu l'école, William? Rassure-moi : tu n'étais quand même pas le grand nunuche assis au fond de la classe. Et à dix-huit ans, William, avais-tu ta voix d'homme et du poil au menton?

Les photographies de William me conduisirent au *Work & Leisure Stationary Store*. Avant de m'y précipiter aveuglément et de me rendre ridicule entre l'étalage des gommes et celui des enveloppes, je demandai à Michael de confirmer mon hypothèse. Il me brossa un portrait rapide des lieux et des gens, me décrivant la main et la voix mielleuses de Paul, le ton saccadé et le parfum de chewing-gum de Lynn, les syllabes traînantes et dérapantes de Gail.

Je m'instituai journaliste pour enquêter sur ce chapitre de la vie de William. C'était quand même dans cette papeterie au nom ronflant de *Work & Leisure Stationary Store* qu'il avait vécu la plus grande partie de sa vie. Je demeurai longtemps devant le magasin, fascinée par le talent de William qui avait créé avec ces briques et ces fenêtres une ambiance londonienne à la *Jack the Ripper*, utilisant les lourds nuages noirs du couchant pour créer une aura de mystère. Je poussai la porte presque religieusement après avoir jeté un coup d'œil sur la vitrine sombre, démodée et poussiéreuse. Ici, pas d'ordinateurs ni de photocopieurs, mais des tampons encreurs, du papier carbone, des buvards et des ex-libris de laiton ou plaqués or.

Paul, une espèce de fourmi-bouledogue aux mandibules ornées d'excroissances coupantes, m'accueillit avec tellement d'empressement que je m'en méfiai, craignant que sa fausse déférence n'avale toute volonté de résistance que j'aurais pu avoir. Seuls un vendeur d'automobiles usagées, un passeur de drogue ou un politicien véreux pouvaient se décorer le visage d'un tel faux air de bon garçon. Je prétendis chercher quelques articles et je fuis son emprise pour me promener entre les rayons, m'intéressant aux crayons, aux cahiers de comptabilité et aux agendas reliés de cuir fin. Je sentis Paul s'énerver, mais son sourire ne se délaquait pas. Seuls ses yeux de besogneux se plissaient d'agacement. Pour échapper à sa harcelante serviabilité, je me résignai à acheter cent feuilles de papier à dactylo et, étirant la main pour prendre le paquet, je m'immobilisai, prise d'un étonnant malaise. J'avais foulé les tapis du logement de William, scruté son héritage de clichés, parlé avec son ami, caressé son chien, dormi dans son lit toutes les nuits depuis la vente aux enchères, et jamais il n'avait été aussi présent, à tel point que j'eus l'impression qu'il avait dirigé ma main pour m'obliger à choisir une marque qui m'était inconnue. Je me sentis si près de lui que j'en frissonnai de plaisir. Avais-je imaginé ce souffle froid qui m'effleurait la nuque et ce goût de bile fétide semblable à celui que j'avais eu dans la bouche le lendemain de l'enterrement de Nathan?

C'est toi, William?

Le vendeur bouledogue se rapprocha et je sentis son haleine chaude et lourde. Il n'en fallut pas davantage pour chasser mon malaise. Il me conduisit dans l'arrière-boutique et m'offrit un verre d'eau avant d'appeler une de ses collègues à mon secours. La première gorgée d'eau chlorée et tiède me souleva le cœur, mais je réussis à ravaler ma nausée. Ainsi donc, j'avais failli m'évanouir. Je n'y comprenais rien, n'ayant jamais perdu connaissance de ma vie. Ils m'offrirent des noix de cajou que je grignotai du bout des dents. Je repris enfin des couleurs et retournai dans le magasin, acheter ce papier que le vendeur avait ramassé et posé près de la caisse. Avant de payer, je lui confessai ma fumisterie, la raison de ma présence étant, mentis-je sur mon mensonge, la recherche d'un emploi. Son patron, m'avoua-t-il, n'avait besoin de personne, la jeune femme qui m'avait aidée, Lynn de son prénom, venant tout juste de terminer sa formation. Il me raconta alors – ce sacripant pouvait-il lire dans mes pensées et connaître mes désirs? – qu'un de leurs collègues avait disparu et qu'ils avaient mis plus de deux semaines avant de le retrouver. Me rendais-je compte? Deux semaines! Reconnaissant en moi une belle poire, il élabora, en amateur de la presse à sensation, parlant du macchabée couché sur la dalle froide de la morgue pendant plus de deux semaines. Je dus me montrer intéressée puisqu'il ajouta que ce dernier, William de son prénom – «vous avais-je dit son nom, madame?» –, était mort comme un chien sur le trottoir et que c'était le patron qui était allé l'identifier à la morgue. Il leur avait confié qu'il en avait fait des cauchemars, un cadavre n'offrant rien de beau à voir.

N'écoute pas, William. La mort n'a jamais embelli personne, sauf les morts couchés sur les tableaux des musées. Tu sais, ces morts qui gardent leur air bon enfant au-delà de la peur et de la souffrance. As-tu eu mal, William? As-tu eu peur, William? As-tu vu venir ta mort, William?

Paul recommença à me raconter la fin de ce «pauvre William», trouvant là le seul événement à s'être produit dans ce magasin aussi ennuyeux qu'une feuille de papier lignée. Chaque fois qu'il mentionna William, il le fit en le disant «pauvre», comme si cet adjectif avait été indissociable du nom.

Mentant sur ma fidélité de cliente, je lui demandai si William était ce type charmant aux cheveux bouclés, un peu clairsemés sur le dessus du crâne, portant des verres, et il m'interrompit en disant qu'il n'avait pas souvenir que William ait porté des lunettes et qu'il doutait qu'il ait eu les cheveux bouclés, précisant toutefois qu'il n'était pas physionomiste. «Et ta mère? faillis-je lui dire, elle était grosse ou fluette?» Comment Paul avait-il pu fréquenter William pendant des années et ne pas remarquer s'il avait les cheveux frisés ou non, s'il portait des verres ou non? Cette cécité dépassait mon entendement.

Oh! William, c'était certainement de la distraction ou sa maladive suffisance et non un manque d'intérêt.

Paul appela une autre collègue à son secours, et cette dernière, Gail — la Gail au parler traînant comme me l'avait appris Michael —, m'affirma que William était exactement comme je l'avais décrit, sauf peut-être pour les lunettes. Peut-être? Lynn se joignit à eux pour dire avec assurance qu'il avait les cheveux courts, fournis et non clairsemés, plutôt roux que bruns, et qu'il était plus grand que Paul. Ce dernier éclata de rire, imité par Gail, et il donna un coup de coude à Lynn en me prenant à témoin de la drôlerie de cette fille qui n'avait jamais vraiment travaillé avec William. Soit qu'ils se payaient tous ma tête, soit que William avait passé dans leur vie comme un courant d'air. Feignant de rire avec eux, je leur demandai où avait travaillé William avant d'être au *Work & Leisure Stationary Store*. Paul répondit que William avait toujours travaillé là. Je gommai mes espoirs de trouver d'autres lieux de travail, espoirs que je savais déjà vains, aucune trace ne m'indiquant le contraire. Le manque d'amabilité et de compassion de ces trois personnes pour la mort si triste de William me heurta au plus profond de mon respect pour le genre humain.

Tu m'entends, Nathan? Il y a des morts tristes, même si tu as toujours soutenu le contraire.

Paul n'était qu'une des fourmis-bouledogues de la colonie, et j'eus honte des femelles. Comment pouvaient-ils avoir côtoyé William et être incapables de dire s'il avait été grand ou court, mince ou rond, chauve ou chevelu, noir ou roux? Comment? Et Paul, le bouledogue, me confia avec fatuité qu'à son avis le pauvre William était un éteignoir de concupiscence.

Au secours! N'écoute pas, William! Regarde ici, dans mon sac à main, j'ai une copie de la photographie de Labradorable pour pouvoir l'emmener avec moi partout. Es-tu content, William? Il dort près de nous sur le seuil de la chambre et il nous suit comme un bon petit chien. Dis-moi que tu es content, William.

Attiré par les éclats de rire, Mr. McDougall, le propriétaire et patron de la papeterie, se précipita vers nous comme un pion enragé. Il pria sans ménagement ses employés de reprendre le travail et invita Paul à passer dans son bureau. Paul me refit son sourire de vendeur de voitures usagées et disparut derrière Mr. McDougall qui, remarquant tardivement ma présence, revint vers moi pour me demander si on m'avait servie. Pour me servir, on m'avait servie. En fait, on m'avait servi une tarte à la crème en pleine poitrine. J'hésitai quelques secondes avant de répondre que oui, ajoutant que je désirais le voir, privément. D'un air sérieux, j'appuyai sur ce dernier mot, voulant susciter assez de curiosité pour qu'il me prie de le suivre, ce qu'il fit. Paul fronça les sourcils en me voyant apparaître dans le bureau, et c'est en véritable chien battu, la queue entre les pattes, qu'il en sortit, en rappelant à son patron qu'il n'avait qu'à lui faire signe. Le patron balaya l'air de sa main pour le faire décamper.

Dis-moi, William, est-ce qu'il te chassait aussi comme une mouche?

Mr. McDougall me demanda la raison de ma visite et je répondis que j'étais écrivain et que je préparais un livre dont l'iconographie serait composée entièrement de photographies de Mr. William Wilcox. «Notre William Wilcox?» demanda-t-il, incrédule.

Si j'attendais de la surprise, de l'étonnement ou du plaisir, je ne reçus que du scepticisme et du mépris. Le goût de bile me remonta à la gorge et je m'efforçai de demeurer bien droite alors que j'avais envie de me tenir les côtes et de hurler. McDougall n'était qu'une autre besogneuse fourmi-bouledogue. Maintenant que je m'étais rapprochée des gens qui avaient côtoyé William, maintenant qu'il s'incarnait, je souffrais davantage de cette souffrance semblable à s'y méprendre à l'impuissance de l'enfance et à son vertige devant la quantité d'inconnu à maîtriser.

Feignant mal un certain intérêt, McDougall me demanda quel était le propos du livre et je lui répondis que j'écrivais un traité sur les labradors. Il fut doublement interloqué. Que connaissait le pauvre William aux labradors – «pauvre» William! – et depuis quand s'était-il intéressé à la photographie?

Au secours, William! N'as-tu jamais parlé de ta passion? De Chocolat?

«Ah! enchaîna Mr. McDougall, vous voulez dire que le chien brun qui pissait sur le tapis était un labrador? Notre pauvre William n'avait jamais réussi à le dresser.» Ce genre de propos commençait à faire sourdre en moi un sentiment d'exaspération. Sans le laisser poindre, je demandai à McDougall la plus grande discrétion avant de lui révéler que William était réputé être un des meilleurs photographes canins du monde. «Un grand», ajoutai-je, répétant l'opinion de Michael, qui était aussi devenue la mienne. McDougall me regarda, le sourcil levé et la lèvre ourlée d'un effrayant scepti-cisme. Il me demanda de lui répéter que nous parlions bien de son employé, William Wilcox, qui avait été trouvé mort sur le trottoir. Celui qu'il avait identifié à la morgue, «et, croyez-moi, dit-il, il n'était pas très joli à voir, même s'il n'avait jamais été très joli à voir», tint-il à préciser. «Va donc chercher une borne-fontaine, sale boule-dogue», marmonnai-je intérieurement. J'acquiesçai, souhaitant que mon mépris soit impossible à reconnaître alors que je sentais un incontrôlable tremblement me secouer le plexus solaire. Contre toute espérance, McDougall m'offrit sa collaboration, politesse plus que désir, et j'eus la force de prétendre avoir un énorme besoin de bien connaître William. Il m'en demanda les raisons et je fis un effort mental terrible pour faire miens les propos d'un exposé que j'avais déjà en-tendu sur l'être et son expression. Je tricotai une théorie alambiquée sur la présence de l'enfance en l'adulte, la perceptibilité de son environnement et la transcendance de l'expé-rience empirique sur l'œuvre créatrice, assimilable à l'œuvre de chair. Ouf!

McDougall m'avait écoutée sans vraiment me comprendre et il me fit un signe de la main pour m'aviser que mon temps était écoulé. C'était à mon tour de devenir une sale mouche. Je me tus, la bouche cousue d'indignation, tandis qu'il appelait Paul, qu'il pria de m'aider à «connaître la personne et ses inventions». Piètre élève.

Paul me prit en charge. Toute mouche, je me sentis prisonnière de ses mandibules acérées. Il me demanda ce que je désirais savoir. «Une journée typique de la vie de William?» s'étonna-t-il, la mandibule aplatie par son sourire de prédateur. Il m'assomma d'un direct en répondant sans ménagement, d'un ton mi-niais, mi-ironique, que William devait se lever tous les matins à la même heure, «comme un petit robot bien programmé qui ne se pose pas de questions, tu vois?». Qu'il devait prendre le métro à la même heure, à la même station, «comme un pauvre client régulier qui sait où se tenir pour être devant la porte d'un wagon, tu entends?». Qu'il arrivait au magasin tous les matins à la même heure, à une minute près. On n'avait qu'à relever ses cartes de pointage pour le croire.

L'homme qu'il écrasait joyeusement devant moi était incompatible avec le William sensible que je connaissais par l'œil de sa lentille et qui avait eu la gentillesse de regarder le monde à travers un verre normal, sans le déformer comme le faisait l'œil de Paul.

Paul m'abandonna dans le local des employés et déposa des cartes de pointage devant moi, tout en s'étonnant que personne n'ait encore pensé à s'en débarrasser alors que William était disparu «depuis quoi? cinq, six mois?». Il me prêta un pouce de caoutchouc pour faciliter ma tâche et je commençai à feuilleter les cartes de William qui, Paul avait raison, arrivait au travail entre huit heures quarante-six et huit heures quarante-neuf. Jamais je n'aurais pu imaginer une recherche plus ennuyeuse : me retrouver dans une arrière-boutique, un pouce de caoutchouc rouge sur mon doigt ratatiné, à lire des cartes de pointage. Je demeurai assise pendant des heures, ne trouvant que de rares variations sur le thème «horaire de William». Je découvris quelques étonnantes quoique divertissantes heures supplémentaires, et Gail – prononcer «Gaiilll» – me confirma qu'elles correspondaient à la période de l'inventaire, dont elle me décrivit rapidement les inintéressantes affres.

L'heure du lunch arriva et les filles m'invitèrent à me joindre à elles. Lynn et Gail avaient toutes les deux un sac de papier kraft, chacun contenant un jus de légumes – un *V8* pour Lynn, un clamato Mott's pour Gail –, un sandwich, du céleri pour Gail – «tu brûles plus de calories à le mâcher qu'il n'y en a dans la branche» – et une carotte en julienne pour Lynn. Quant à moi, j'étais allée me chercher un muffin au son que j'eus peine à manger tant la vacuité de leurs propos et le néant de leurs rêves me nouèrent la gorge. Les eus-je crues, j'aurais appris que William était niais mais bon garçon, naïf mais serviable, bref, une espèce de dindon de leur ignoble farce dont elles étaient les dindes, ne leur en déplaise.

Oh! heureusement, mon doux William, que tu as eu autre chose à faire dans la vie que d'écouter ces mégères.

Paul se joignit à nous au moment où je tentais de mastiquer une bouchée de ce muffin au goût rance. Après avoir entendu deux bribes de leur conversation sans âme et sans cœur, il préféra me raconter ses voyages – à l'en croire, cette fourmi-bouledogue passait sa vie à sautiller de tumulus en tumulus –, surtout celui de Paris lors duquel il avait croisé une étonnante prostituée. «Soixante ans au moins, un body de filet laissant paraître des seins gros comme des aubergines, aux mamelons noircis par les bouches sales qui les avaient tétés. Beurk!» Il insista sur le fait que William l'avait rabroué, lui interdisant de tourner en dérision une telle tristesse. La gueule grande ouverte sur du pain à peine malaxé, Paul se moqua du propos de William qui avait refusé de rire de la putain. Incapable d'avaler la bouchée de muffin qui se ramollissait sur ma langue, je cessai d'entendre Paul ânonner, ses mots s'étant brouillés avec les œufs de ses sandwiches.

C'est la première fois, William, qu'on me répète tes mots, qui me disent la tristesse de la vie de cette pauvre grand-mère. Tu te ressembles enfin. Ta pellicule a cessé d'être muette. Je viens de trouver un pan de ton monde, William, celui que tu nous racontes en silence.

Je rentrai à la maison et pressai les photos contre ma poitrine pour en absorber l'essence directement par le cœur. J'avais toujours la conviction que William Wilcox était là, devant moi, et que la vie continuait de m'initier à ses secrets. Complètement dépassée, je décidai d'aller rendre visite à Michael, que j'attendis en vain. Assise sur le pas de sa porte, la tête posée sur les genoux, aveugle aux passants qui, j'allais l'apprendre, avaient une opinion à mon sujet, je décidai de me faire statue pour écouter leurs propos. Chuchotés ou tonitruants, ils n'avaient qu'une seule intention : m'atteindre. Fascinée de les entendre juger une personne qu'ils n'avaient jamais rencontrée, je frissonnai d'effroi en écoutant leurs vérités. À les entendre, j'étais une pauvre assistée sociale, une prostituée, une ivrogne, une droguée, mais surtout une personne dépourvue de fierté et de cœur.

Cette attente tourna malheureusement au supplice. M'indiquait-elle que rien de ce qu'on m'avait dit de William n'était vrai? Avait-il été une statue assise devant la porte de sa vie? Moi qui n'étais ni prostituée, ni assistée sociale, ni ivrogne, ni droguée, je l'étais devenue dans la vérité du jour de ces passants dont aucun n'avait manifesté une parcelle de compassion. William nunuche? William niais? Seul Michael avait pu côtoyer son âme.

Aide-moi, William. Parle-moi. Soit que je t'ai terriblement idéalisé, soit que je suis incapable de reconnaître que tu diffères de mon fantasme.

Et c'est là que le bât blessait. La recherche du talent de William Wilcox se solderait-elle par la découverte d'un insignifiant, «pauvre William», que je n'aurais jamais voulu fréquenter? Quelque chose dans mon projet tournait-il au vinaigre ou était-ce moi qui vivais de plus en plus entichée d'un mort?

Michael, ce soir-là, se fit trop attendre et je rentrai à la maison bredouille.

* * *

Pendant deux jours, je pleurai William. Je retournai au cimetière, où je m'assis, une main sur sa pierre tombale, pour raconter à celle-ci mon étrange tristesse. En revanche, la vue de la pierre de Nathan, fraîchement posée, me laissa presque de glace. Mon deuil et mon temps d'expiation étaient-ils terminés? William comblait-il le vide d'un grand amour? Allais-je redevenir aussi peu importante qu'un chewing-gum écrasé sur un trottoir?

Je relus les notes de ma visite à la papeterie et je tranchai. William n'avait pu être l'homme décrit par Paul, et je voulus aussi revoir Gail et Lynn pour qu'elles essaient de se souvenir des conversations qu'elles avaient eues avec William. Une bribe, une réplique, et j'aurais ma récompense. Je m'étais déjà rapprochée de son âme grâce au récit de voyage de Paul, mais j'eus un urgent besoin d'entendre son opinion, un besoin de le suspendre au crochet de son quotidien.

Le magasin me parut encore plus lugubre qu'à ma première visite. Pour éviter tout soupçon quant à mes références, je choisis quelques centaines de photos de chiens parmi les plus expressives, souhaitant susciter ainsi une réaction significative chez les anciens collègues de William. Paul cacha difficilement son agacement en m'apercevant et il m'avisa pompeusement qu'il devait informer Mr. McDougall de ma présence. Du coup, les murs se mirent à se rapprocher et je m'enfermai dans les toilettes du personnel pour y prendre un cachet de *Gravol*, afin de tromper la nausée qui ne m'avait point lâchée depuis que j'avais franchi la porte. Lynn et Gail me saluèrent, le regard vide d'intérêt. Paul revint m'aviser que Mr. McDougall ne pouvait me recevoir et qu'il espérait qu'une heure, préférablement celle du lunch, me serait suffisante.

Je m'installai dans l'arrière-boutique et j'étalai quelques clichés sur la table, les voyant d'un nouvel œil. Seuls, expulsés de chez moi, les chiens avaient l'air abandonnés. Michael avait-il raison de croire qu'ils constitueraient un extraordinaire album ? Je ne m'y connaissais pas assez pour en juger, mais je décidai de les faire voir par mon éditeur à la première occasion.

Gail et Paul entrèrent, Gail avec son sac de papier kraft au contenu identique à celui de la dernière fois et Paul avec des macaronis au fromage qu'il mit à chauffer dans un micro-ondes si petit qu'il avait échappé à mon attention. L'air s'emplit aussitôt d'une odeur qui me rappela celle des chaussettes de Nathan après son jogging matinal.

Nathan ? Je ne te l'ai jamais dit, mais tes verrues plantaires dégageaient une odeur à m'éteindre la libido. Ta femme a-t-elle eu plus de courage?

Paul me demanda de déplacer les photos pour qu'il puisse poser son assiette et, confuse, je le fis rapidement. Gail vint heureusement à mon secours, me parlant de son bébé né en avril et dont justement elle avait fait faire des photographies. Elle me raconta qu'elle avait conçu son enfant pendant ses vacances en juillet, ayant troqué ses vacances d'août contre celles de William. Paul éclata de rire, répétant «troqué, troqué» avant de rire encore. Gail, d'une contrition feinte, avoua avoir tordu le bras de William. «Menti», renchérit Paul, me décrivant l'hilarante tromperie entre deux mastications bruyantes. Assommée par la méchanceté de leurs propos, je profitai quand même de leur présence pour leur demander si William leur montrait ses photos de chiens. Gail et Paul, agacés, répondirent tous les deux que je leur avais déjà posé cette question et que la réponse n'avait pas changé. «Non.»

Gail jeta un coup d'œil rapide sur les photos et déclara sans ambages qu'elles étaient nulles. Un chien était un chien et ceux qu'elle voyait là avaient tous les yeux tombants et la gueule baveuse.

Gaiilll, c'est parce que tu ne sais pas regarder, pôôôôvre tarte.

Paul avala la dernière de ses bouchées nauséabondes avant d'émettre de petites éructations à peine déguisées en bâillements. Il devenait de plus en plus conforme à l'opinion que j'avais de lui : ambitieux et grossier personnage, sans classe ni culture, inintéressant bouledogue à la bajoue épineuse et vide. La simple idée que les étrangers, lors de ses voyages, puissent le percevoir comme un porte-drapeau de ce pays ou le prototype de ses hommes me catastrophait à mourir...

J'en étais là dans mes pensées lorsque Paul, se curant joyeusement les molaires, m'apprit qu'il avait reçu de ce pauvre William un très beau et très pratique *weekend bag* de cuir italien. Pourquoi diable m'apprit-il la chose au moment même où je me faisais la réflexion que William ne devait éprouver ni respect ni estime pour ce collègue? Gail précisa qu'il lui avait offert le sac lors du dernier échange de cadeaux de Noël, quelques mois avant sa mort.

Merci, William, de ne pas trahir mon jugement.

J'avais prévu de passer quelques heures à la papeterie, mais j'en sortis presque au pas de course pour échapper à ce cauchemar innommable. La louche manipulation de Gail, l'échange de cadeaux de Noël… Installée in petto dans la peau de William, j'errai longuement dans le quartier, en rassurant Labradorable dont je tenais fermement la photo dans ma poche. Pour lui, je m'arrêtais à proximité des bornes-fontaines et des poteaux, feignant de l'attendre. Mes pas – nos pas? – me menèrent devant un centre commercial assez petit pour ne pas fatiguer indûment la clientèle, assez grand pour qu'elle y ait un peu de choix. Je me figeai devant la vitrine de *Gulliver's*, boutique de sacs et de valises. Je poussai la porte timidement.

As-tu poussé la porte comme ça, William, ou préférerais-tu que je le fasse avec plus d'assurance?

Je fus aussitôt approchée par un sympathique vendeur. Je lui dis rechercher un *weekend bag* pour un ami. «Il voyage dans les pays chauds ou tempérés? – Un peu partout», osai-je répondre. Tout ce que je savais de Paul, c'est qu'il était allé à Paris et qu'il était du type sportif puisqu'il faisait saillir ses pectoraux à la moindre occasion. Le vendeur me montra plusieurs sacs, que j'examinai avec la plus grande attention. Je le remerciai en lui promettant de revenir. Il me sourit d'un sourire qui signifiait qu'il n'en croyait pas un mot. Moi non plus. De là, je vis la boutique *VikingS*, qui offrait d'autres sacs, différents, sobres et importés du Danemark. J'y serais entrée si j'avais pensé que Paul eût pu apprécier une chose sobre, design et discrète. Je passai outre et je découvris le magasin *Marco Polo*, caché au bout d'une allée. Bingo! Paul n'avait-il pas dit que son sac venait d'Italie? Entrée dans la boutique, je revis le contenu des placards de William en pensant que lui-même n'avait pas le goût très éduqué. Je décidai de m'en remettre entièrement à la compétence de la vendeuse-propriétaire, qui m'avait déclamé son titre avec fierté. Je me répétai que j'étais William et que j'avais ses yeux. Lorsqu'elle me demanda combien j'étais prête à débourser, je répondis sans réfléchir que je ne pouvais y consacrer une trop forte somme, la plus grande partie de mon budget étant allouée à ma mère. Mais qui avait parlé? Le son de ma voix m'avait semblé si étrange que j'en restai interdite. Où étais-je allée chercher cette idée de budget et pourquoi avais-je repensé à Grace? Étonnée davantage que choquée, j'écoutai la vendeuse me vanter des sacs tous plus pratiques les uns que les autres. Puis elle m'en proposa un qui, selon ses dires, était aussi vendu aux jeunes, qui l'utilisaient comme *weekend bag*, qu'aux photographes, qui prisaient les nombreuses pochettes utiles pour transporter les lentilles, les rouleaux de pellicule, la brosse et la poire.

Ah! William, je suis si certaine que c'est ce sac que tu as offert à Paul que j'en achète un semblable uniquement pour l'entendre me dire que mon sac est identique au sien. Tu te rends compte, William, combien je commence à te connaître? Pour avoir vu ta vieille poche de cuir battu et décoloré sur le plancher de ta chambre noire – «dépotoir!» –, je sais non seulement que c'est ce sac que tu as acheté pour Paul, mais aussi, corrige-moi si je me trompe, que tu aurais été gêné d'en posséder un d'une aussi belle qualité. Mon pauvre William – ai-je dit «pauvre»? –, pourquoi te faisaient-ils tant de misères?

Rassérénée par mon achat, qui m'avait coûté la peau des dents, je demeurai néanmoins offusquée, pour ne pas dire scandalisée, par l'attitude des anciens collègues de William. Je tentai de joindre Michael pour l'inviter à partager une bonne bouffe, mais il n'était pas chez lui. Ses absences répétées m'indiquaient qu'il était probablement amoureux. Je passai donc la soirée avec William, dont la compagnie m'était de plus en plus agréable. Que dis-je? De plus en plus nécessaire.

Taquiné par la bruine d'un matin de juillet, William entre dans le magasin. Il allume le néon du plafond, seule concession du patron au modernisme. Ce dernier s'est toujours enorgueilli de laisser se fossiliser le décor, ce qui, à son avis, éloigne le fureteur pour n'attirer que le vrai client.

William passe à l'arrière-boutique, suspend son parapluie, entre sa carte dans l'horodateur et prépare un café fort et noir pour ses collègues, s'assurant en même temps que la vieille boîte de soupe Campbell utilisée pour le sucre est bien remplie de carrés.

En employé stylé, William se dirige vers la caisse enregistreuse et y place l'argent préalablement retiré du coffret caché sans imagination dans le bureau du patron derrière le cadre de la photo de Mr. McDougall père.

Gail, une collègue, entre et secoue son parapluie sur le plancher en maugréant contre le temps, qui fait de ce mois de juillet un mois d'ennuagement et de précipitations exceptionnels. Elle disparaît aussitôt derrière le rayon des stylos et des crayons, qui cache la porte du local des employés.

Paul, un autre collègue, arrive à son tour, repeigne ses cheveux mouillés et passe devant William sans le saluer, sans même le regarder. Pour éviter à son regard de tomber dans le vide, William frotte la manche de son pull de coton pour y déloger une inexistante poussière. Il aurait peut-être aimé connaître Paul davantage, mais celui-ci ne s'est jamais intéressé à lui, et William ne lui parle pas de son engouement pour la photographie ni de sa passion pour les labradors.

William entreprend de garnir les étagères de papier à dactylo sous l'œil critique de Paul, responsable des fournitures, qui ne se gêne nullement pour lui faire quelques commentaires désagréables.

Gail s'approche de William en minaudant et il sait qu'elle lui demandera un service, ou, pire, une faveur. S'il accepte, elle lui sourira jusqu'à ce qu'elle en oublie la raison. Si, par malheur, il refuse, elle le boudera et éclaboussera ses collègues de sa mauvaise humeur. Ceux-ci à leur tour en voudront à William d'avoir empoisonné l'atmosphère du bureau.

Ils ont tous longuement entendu parler de ses fiançailles prochaines avec moult détails plus prosaïques que romantiques. Voilà qu'elle chantonne son nom en un crescendo de trois notes et William se retourne après avoir inspiré profondément comme il a appris à le faire quand on l'interrogeait à l'école. Pour tenter de lui résister, il se concentre sur la barrette qui retient sa frange, en se demandant s'il préfère le stress que Paul lui plaque dans le dos ou l'incroyable pression qu'elle peut lui mettre sur les épaules. Quand elle le coince entre deux étagères en se plaçant devant lui, empêchant ainsi toute retraite, il se sent comme devant un peloton d'exécution, puisqu'il sait qu'elle va faire mouche. À son grand soulagement, Gail, qui a miraculeusement retrouvé sa bonne humeur des beaux jours, lui demande sans détour s'il veut luncher avec elle au restaurant. William en demeure sans voix. Le petit service vient de prendre l'apparence d'une énorme faveur.

Ils se retrouvent tous deux assis à une table du French Bistro, un menu manuscrit entre les mains. William est si désemparé qu'il ne trouve qu'un seul sujet de conversation, son chien Chocolat, avec son intelligence et ses finesses. Il raconte le grand plaisir qu'a le labrador à marcher, à courir mais surtout à nager. Constatant une certaine lassitude dans le regard de Gail, il lui demande si elle possède un animal de compagnie. Elle a déjà eu une tortue, mais elle s'en est désintéressée et l'a jetée dans les toilettes. William s'en scandalise, horrifié par l'agonie de la pauvre bête morte de faim dans les égouts sans avoir rien fait pour se retrouver là. Gail rétorque qu'une vie de tortue dans un plat en plastique transparent, sur une île en plastique brun, sous un palmier en plastique vert, n'a rien de réjouissant. William lui reproche alors timidement de ne pas l'avoir rapportée à l'animalerie et Gail éclate de rire en disant qu'elle s'est moquée de lui. Jamais elle n'a possédé de tortue et jamais elle n'aura de chien. Il est inhumain, selon elle, de garder un chien entre quatre murs, le condamnant à ne jamais se soulager quand il en a envie, à manger des repas fades et pâteux à des heures arrêtées par son maître, à courir des distances modestes, et à être castré pour justement empêcher une progéniture de chiens esclaves comme lui.

William commande une omelette aux fines herbes, et elle, un croque-monsieur.

Ils en sont au dessert lorsqu'elle demande innocemment à William s'il a l'intention de prendre des vacances. William ne bronche pas, sachant qu'elle arrive au but de son invitation, et redoutant de se faire coincer. Elle l'étourdit de propos décousus, lui parle d'un voyage de noces anticipé qu'elle et son fiancé peuvent effectuer à la maison de campagne de ses futurs beaux-parents durant les deux dernières semaines de juillet. Il n'a pas le temps de dire que ces semaines lui sont réservées car elle enchaîne en lui rappelant le mauvais temps qui ne cesse de sévir et lui offre de troquer ses deux semaines de vacances contre les siennes. Elle le noie de larmes retenues par ses cils trop épais et collants de mascara et lui raconte qu'elle et son fiancé n'auront pas les moyens, en novembre, de faire un voyage de noces, après les dépenses des fiançailles, de la robe de mariage, de la noce, et avec l'approche de Noël.

William n'a aucune envie de partir à la fin du mois d'août, mais il ne trouve pas de raison valable de refuser et il accepte. Gail s'éponge les yeux devant un miroir qui traînait commodément dans son sac, le remercie du bout des lèvres, lui glisse son addition sous le nez et lui demande de se hâter s'il ne veut pas essuyer les remontrances de Paul ou les foudres de Mr. McDougall.

William rentre au travail sans se douter que ses deux semaines de vacances battront le record de froid et de pluie, vieux de quarante-quatre ans.

Ce soir-là, je fus incapable de dormir, enragée contre Gail qui m'avait raconté en riant le troc proposé à William. Son hilarité avait décuplé lorsqu'elle avait parlé du temps. J'en fus si offusquée que je mis quelques secondes à réaliser qu'elle avait cessé de rire, étouffée par son *V8* ou son biscuit Ritz. Je me précipitai pour lui taper dans le dos. D'où m'était venue cette violente hargne? Toujours est-il que je commençai par la tapoter doucement pour ensuite la frapper énergiquement entre les omoplates pour finir par-derrière à lui étreindre le plexus solaire de mon poing. Quelle joie, non mais quelle joie de l'entendre me supplier de cesser! Paul entra sur les entrefaites et, toujours aussi imbu de son autorité, la rabroua en lui disant qu'elle me devait la vie. Quelle belle erreur d'interprétation! Encore une fausse vérité qui allait perdurer. J'aurais pu taper jusqu'à ce qu'elle crache sa roche striée, divisée en oreillettes et en ventricules.

Pourquoi, doux William, ne te défends-tu pas? Comment fais-tu pour occulter et ignorer le mépris? N'as-tu pas eu, comme moi, l'envie diabolique de voir Gail agoniser dans les égouts à côté du cadavre de sa maudite tortue?

* * *

Michael sortit finalement de sa tanière et m'invita à manger du poulet sauté aux légumes dans un *wok*, s'il vous plaît. J'ai failli mourir de peur au moins dix fois en voyant la flamme lécher l'huile ou Michaël effleurer le bord chaud du *wok* pour y verser quelques gouttes de sauce soja. Il refusa toute aide et m'obligea à manger avec des *chopsticks* alors que monsieur, invoquant sa cécité – «qu'est-ce que tu es courageux, mais autorise-moi à râler un peu pour sauver la face» –, se servit d'une fourchette, d'un couteau et d'une cuiller. Heureusement pour moi, il ne me vit pas me battre contre les grains de riz, les petits pois, les châtaignes d'eau et les champignons chinois qui me soulevaient le cœur tant ils ressemblaient à des yeux de tortue morte. Ne voulant pas offusquer mon hôte, je les mis tous dans ma serviette de papier, avec laquelle je feignis de me moucher avant de la jeter dans le sac à ordures. Je n'avais pas encore repris ma place qu'il me demanda si je craignais que les champignons ne soient hallucinogènes. Maudit Michael! Comment avait-il deviné ce que j'avais fait? Il m'expliqua qu'il avait entendu le frottement de la baguette contre la porcelaine, le son allant toujours mourir dans mon assiette à neuf heures. Il avait entendu ce discret glissement environ sept fois. Puis il n'avait plus entendu la baguette pendant une bonne minute, pas plus qu'il ne m'avait entendue mastiquer. Après quoi j'avais feint un éternuement abominable avant de terminer le tout par des sons étonnants et disgracieux dans une serviette roulée en boule sous mon nez!

L'incident des champignons étant clos, nous fîmes du coq-à-l'âne pendant quelque temps avant que Michael ne parle de son travail en laboratoire et ne m'offre de m'aider à sélectionner les photographies. Pitié! Voilà que ressurgissait ce livre sans avenir que mon éditeur avait presque refusé après avoir regardé neuf clichés! Par politesse, je lui demandai s'il croyait vraiment qu'un livre illustré de photos noir et blanc puisse intéresser les gens à une époque où ils côtoyaient les dinosaures, les extraterrestres et les lapins. Je lui rappelai l'opinion généralisée selon laquelle le noir et blanc n'existait plus que pour procurer un soupçon de nostalgie aux *babyboomers* blasés, à la recherche constante d'émotions fortes.

Michael eut évidemment réponse à tous mes arguments. Par ce livre, me dit-il, les *babyboomers* reconnaîtraient le petit chien du voisin dont ils avaient eu envie. Ils reverraient celui que leur père avait acheté après son divorce et qui leur avait donné l'affreux sentiment d'être moins intéressants, moins beaux et moins importants que lui. Ils se souviendraient du chien si charmant qui avait été le véritable compagnon de leurs enfants et, pourquoi pas, puisqu'on y était, ils choisiraient peut-être le chien qu'ils avaient l'intention de posséder dès qu'ils seraient à la retraite, ce qui ne saurait tarder.

Son point de vue ne manquait pas d'intérêt, mais je n'avais pas envie de parler de ce livre, encore moins depuis que mon éditeur avait émis des doutes. Le personnage de William m'habitait tellement que toute digression me troublait, me donnant le désagréable sentiment de le négliger, ou, pire, de le tromper.

Personnage? Es-tu un personnage, William?

Je lui appartenais corps et âme, lui consacrant tout mon temps et toute mon énergie, remettant mes rêves entre ses mains.

J'avais accepté l'invitation de Michael en espérant le torturer suffisamment pour qu'il me dévoile les choses qu'il me taisait, car j'avais acquis la conviction qu'il m'en avait caché plusieurs. Je voulais savoir quand et où il avait rencontré William. Je voulais qu'il me dise les causes de la mort de Grace. Je voulais réentendre son opinion de Paul et de Gail. Je voulais qu'il me parle de son amitié pour William.

Alors je l'interrompis en lui disant que j'avais besoin de lui. Il en fut soufflé et me demanda d'une voix de fausset de lui répéter ce que je venais de dire. Je compris rapidement le malentendu – quelle maladresse! – et je pris le ton d'un animateur de *quiz show* pour lui poser toutes mes questions en rafale, n'attendant aucune réponse mais espérant qu'il comprenne mon intérêt véritable pour son ami. Je terminai en lui rappelant que les concurrents devaient dire la vérité, rien que la vérité et toute la vérité.

Il posa sa tasse de café et laissa retomber les épaules, dodelinant de la tête pour exprimer son incrédulité. Je m'accroupis près de lui – c'était ma façon, adoptée pour lui, de me rapprocher – et je lui tins la main pour l'encourager. C'est à ce moment que je posai sa main sur ma joue avant de la baiser et de la caresser. Michael ne put malheureusement prendre Chocolat à témoin de ce qui venait de se passer comme il l'avait fait au restaurant lors de notre première rencontre, et il répondit d'un ton monocorde qu'il avait rencontré William dans un parc, qu'il n'avait jamais fait la connaissance de Grace, qu'il n'avait jamais entendu parler de Paul ni de Gail avant de les rencontrer mais qu'il avait l'impression que William les redoutait. Il termina en me disant que William l'avait emmené au cinéma, et sur ces mots il libéra sa main. Je ne pouvais comprendre comment il était possible qu'il n'ait jamais fait la rencontre de Grace et je lui demandai de m'expliquer cette charade. «*Memento, homo, quia pulvis es et in pulverem reverteris*», me répondit-il. «Souviens-toi, homme, que tu n'es que poussière et que tu retourneras en poussière.»

J'appris donc que Michael avait été mis en présence de Grace alors qu'elle était couchée dans son cercueil. William et lui avaient été les seuls à lui tenir compagnie au funérarium. Il semblait qu'elle ait insisté dans son testament pour être exposée deux journées et deux soirées complètes et c'était par hasard que Michael avait appris son décès. Il avait alors tenu compagnie à William, qui était demeuré assis sans broncher, près du corps de sa mère. Un hasard? Il n'avait d'abord plus eu de nouvelles de William pendant plus de quatre jours et il l'avait finalement rejoint chez lui, un soir. William l'avait informé du décès de sa mère et, offusqué, Michael lui avait reproché son absence. Il avait aussi demandé le nom du funérarium où elle était exposée et William lui avait fait remarquer qu'il ne la connaissait pas.

Pas si vite, Michael, pas si vite. Je cherche mes mots.

Michael s'extirpe du taxi devant le funérarium. Il entre, accueilli par un employé qui le dirige vers le salon dont la plaque, à l'entrée, porte le nom de Grace Wilcox. William est agenouillé devant le cercueil de sa mère, les mains posées sur les siennes...

Quelle horreur! Il me fallait tout imaginer, Michael ne pouvant absolument rien décrire, ni les couleurs, ni les visages, ni les attitudes... Il n'y avait que le chagrin de William qu'il entendait et ressentait.

Il se retourne et sourit à la présence de son ami. Michael se dirige vers lui, tâte le bois et les poignées de la bière tandis que William lui apporte une chaise et l'invite à s'asseoir. Ils passent une soirée monotone, William muet comme une carpe, Michael agacé par l'incessant va-et-vient de l'employé qui ne cesse de demander s'ils veulent passer au fumoir, s'ils attendent des visiteurs, s'ils ne voient pas d'objection à partir plus tôt. William accepte et ils rentrent tous les deux à pied. Le lendemain, Michael retourne au funérarium et y retrouve William, accompagné de Chocolat, que les propriétaires autorisent à entrer puisqu'il n'y a aucun autre salon d'occupé. William demande à son ami pourquoi il gaspille un jour aussi ensoleillé puisqu'il n'a jamais connu sa mère, et Michael lui répond qu'il n'est pas là pour elle mais pour lui. La journée s'éternise et, l'ennuyeux rituel terminé, ils rentrent en se tenant par le bras comme deux compères revenant du bistro. Le lendemain matin, le célébrant se hâte de chanter ces funérailles pour lesquelles personne ne s'est déplacé. Ils partent après avoir abandonné le cercueil aux mains de ceux qui l'expédieront au crématorium.

Sur le trottoir, Michael abandonne sa canne et saisit le bras de William pour le conforter. Son ami est orphelin.

Michael m'avoua avoir détesté ces jours glauques. J'allais le quitter lorsqu'il ajouta – un détail, avait-il dit, l'animal – que Grace était morte dans un foyer de personnes âgées.

Comment, William? Ta mère n'est pas morte doucement dans tes bras, dans les bras de son fils qui lui humectait les lèvres et le front pour rafraîchir son passage dans l'éternité? Ta mère n'est pas morte dans cette belle chambre aux tentures poussiéreuses? Dis-moi que l'âme de ta mère ne s'est pas précipitée par la fenêtre d'un affreux hospice. Ah! Dieu...!

C'est troublée que je rentrai à la maison pour accuser les photographies de William de m'avoir caché ce foyer. Je demeurai assise à regarder les clichés les uns après les autres, et il n'y avait là que des photos de l'hôpital pour enfants et aucune de l'établissement qui avait accueilli Grace. Comment avais-je pu passer à côté d'un détail aussi essentiel de la vie de William? Pourquoi ses collègues ne m'en avaient-ils pas parlé? William avait-il aussi tu qu'il était le fils d'une vieille dame?

Non, William. Il serait presque obscène qu'ils n'en aient rien su et je me refuse à croire que tu aies pu vivre seul et dans le plus grand secret toute la détresse de l'étiolement de ta mère et de sa disparition.

Je pleurai seule le deuil de William, en répétant «pauvre, pauvre William!» avec toute l'empathie dont j'étais capable. Je me parfumai au *Old Spice*, posai le cadre de Labradorable près de ma machine à écrire, allai dans le placard et en sortit la robe de Grace, que j'enfilai. Elle m'allait comme un gant. Une boîte de kleenex à portée de la main, je me mis au travail pour m'exorciser de ce choc. Parce que c'était tout un choc.

William pose le combiné en tremblant, alerté par la précipitation des propos de l'infirmière, et il se hâte vers le foyer. Il avance à pas feutrés dans la chambre d'agonie de sa mère dont le visage exsangue ne rappelle que vaguement celui, frais et rosé, qu'il a toujours chéri, même lorsque la maladie s'est emparée de son corps, le rendant fragile comme un pétale de porcelaine. Il tire une chaise et se rapproche d'elle, s'assoyant du côté du cœur, puis il lui prend la main pour en caresser les

doigts cassants et friables telles des brin-
dilles sèches.

Sa mère tourne la tête vers lui et tente
vainement d'ouvrir les yeux. William se lève
et glisse un bras sous sa nuque aussi faible
que celle d'un nourrisson. Il regarde l'infirmière, l'implore des yeux, mais elle hausse
tristement les épaules, lui indiquant par ce
geste d'impuissance que Grace s'est engagée
dans le couloir qui la conduira vers l'inconnu. Elle tire les rideaux blancs, qui
glissent en chuintant le long de la tringle
métallique, et William se retrouve seul avec
sa mère dans un cocon que les premiers
rayons du soleil teintent d'un jaune ambré.

Le souffle de Grace rompt sa cadence et
se fait plus difficile, plus profond. William
s'approche davantage, résigné devant l'inéluctable, et essaie de ne pas retenir la vie
dont sa mère expire l'air raréfié comme
celui de la canicule. Soudain, plus rien.
Alerté par cette trop longue pause, William
déglutit le plus silencieusement possible et,
espérant un prochain souffle, se demande
si la mort a chassé la vie du corps de sa
mère pour s'y substituer. Grace ouvre les

yeux et William comprend qu'elle n'a pas cessé de le regarder à travers ses paupières diaphanes. Puis elle est parfumée par une dernière brise et William entend la vie partir pour ne plus revenir. Cette mère qui a vu le premier souffle de son fils vient de lui offrir le dernier des siens, ultime leçon de vie, don d'amour. Il lui ferme les yeux dont les pupilles fixées vers le néant font disparaître les iris, puis il se rassoit sur la chaise et lui tient la main assez longtemps pour sentir la froidure en chasser la tiédeur et scléroser les doigts naguère caractérisés par leurs mouvements délicats et élégants. Il allonge les bras de sa mère contre son corps qui, privé de souffle, se confond avec les objets de la pièce.

William voit la mort farder le visage de sa mère d'un masque de cire jaunâtre pour son entrée en scène devant l'éternel. Il lisse drap et couverture et pose doucement la main sur le plexus solaire de la morte, surpris d'y sentir une chaleur presque vivante.

Un médecin, stéthoscope au cou, se précipite au chevet du cadavre, et William l'observe tandis qu'il ouvre les paupières pour constater la fixité du regard et ausculte une poitrine écrasée et muette. Il se tourne vers William, lui offre ses condoléances, puis sort de la chambre, faisant de l'heure de son passage celle du décès de Grace.

Le personnel vient prier William de sortir pendant qu'on mettra sa mère dans un sac. Paniqué, il demande une dernière minute de solitude pour inscrire à jamais dans sa mémoire d'enfant l'image de sa mère.

* * *

J'allai au cimetière déposer une rose soldée sur la pierre de Nathan et un joli petit bouquet sur celle des Wilcox. J'avais silencieusement harangué William pour qu'il me révèle pourquoi il n'avait pas photographié le foyer où sa mère était allée mourir.

En route pour la maison, j'ébauchai des hypothèses que je m'empressai de jeter sur papier. « 1) William n'a jamais pris de photo – douteux. 2) William avait trop honte d'avoir placé sa mère dans un foyer – peu probable. 3) William a eu trop de chagrin et l'a détruite – plausible. 4) William l'a oubliée chez un ami – je commence à penser qu'il n'en avait pas, hormis Michael. » Et, finalement, la dernière hypothèse, celle qui me déplaisait souverainement : « 5) La photo est devant moi et je ne la vois pas. »

Condamnée à supposer les réelles motivations de William, je m'attardai à cette dernière hypothèse. Je n'avais pas le choix. Il est vrai que j'aurais pu retrouver le funérarium et demander où on était allé chercher le corps de Grace, mais je trouvais cette solution inélégante, trop facile; je n'y aurais recours qu'en désespoir de cause. J'avais un pressant besoin de trouver moi-même la réponse à cette énigme, convaincue que sa résolution me révélerait un morceau du cœur de William. Si je ne pouvais être son alter ego, je devais démissionner.

Je commençai à souffrir sans savoir pourquoi. Je m'achetai des provisions, déterminée à me claquemurer jusqu'à ce que je trouve, s'il y avait quelque chose à trouver. Je passai par un magasin d'accessoires photographiques où je me procurai un manuel sur ce hobby – hobby ou art? – et j'en profitai pour m'abonner à la revue *Zoom*. Je me donnai un échéancier d'une semaine, durant laquelle je vivrais *incommunicado*, fonçant à pleins gaz sur la vie de William. M'abandonner. Quel trouble!

Je débranchai le téléphone, même s'il ne sonnait que rarement, et je portai le téléviseur dans le hangar, que je fermai à clef. Je n'avais jamais révélé mon nom de famille à Michael, qui se demanderait d'où venait cette clef que je lui postai pour m'aider à ne pas flancher dans ma détermination. Rirait-il lorsque je la lui réclamerais?

Je fixai les photographies des édifices, des fenêtres et des portes aux murs et au plafond de ma chambre, décidée à n'en sortir que pour me soulager ou manger, faisant une entorse à mes principes en refusant de me laver. Puis je m'aspergeai de lotion *Old Spice*, enfilai la robe de velours et, avec Labradorable et la couche de mes chenilles sur ma table de chevet, me rivai littéralement à notre lit.

Je peux dire cela, hein, William?

Je voyageai jour et nuit dans chacun des décors, frottant mentalement tous les carreaux, repeignant parfois les cadres de châssis défraîchis. J'avais toujours la loupe à la main et je dénudai une lampe afin d'en utiliser l'ampoule comme réflecteur. J'aurais porté un casque de mineur si je l'avais pu.

Mon équipée commença de façon fulgurante, mais après deux jours je n'avais réussi qu'à faire une bonne cure de sommeil. Je décidai alors de jouer avec ces photographies comme je l'avais fait avec celles de l'hôpital et celles de la maison où demeurait Michael, et je réussis, à ma grande joie, à réunir des fenêtres et des portes.

Après quatre jours d'aisselles collantes, d'yeux chassieux, de cheveux cotonnés et gras, ma tristesse devint tout aussi hideuse que mon état. Rien. William n'avait rien laissé. Le matin du cinquième jour, je rangeai les photos que je n'avais pas réussi à coupler et je n'eus plus qu'une idée en tête, me faire couler un bain et m'y noyer dans la mousse, me répétant que les mystères des âmes étaient trop grands pour ma petite cervelle. J'en étais arrivée aux photos des écoles, les rangeant toutes dans la boîte. Celles des écoles primaires et celle de l'école secondaire... Je ne m'étais jamais demandé pourquoi William avait fréquenté deux écoles primaires. Car il y avait bien deux écoles primaires. Une en pierres – privée et religieuse? – et une en briques – publique et laïque? J'étais spontanément allée vers l'école publique, compte tenu de la proximité du domicile des Wilcox, dont l'intérieur ne payait pas de mine. Ô traître cerveau! À cause d'une robe aux coudes élimés et au col de dentelle jaunie, j'avais déduit que William avait fréquenté l'école publique. Et s'il était allé à l'école privée? Pour quelle foutue raison n'étais-je pas allée voir? Tout cela ne concernait en rien le foyer de sa mère, mais peut-être y trouverais-je d'autres renseignements sur William et – qui sait? – y assouvirais-je mon désir de trouver une photographie de lui.

Oui, oui, William, je suis prête. Nous nous tenons par la main, toi et moi, et nous partons pour l'école. Nous pouvons jouer à la marelle, si tu veux. Je t'imaginais pauvre, William, alors que tu étais peut-être un petit garçon riche, à moins que ta mère ne se soit saignée à blanc pour te payer la meilleure des écoles. Attends-moi.

J'abandonnai mon rangement et me précipitai dans la baignoire. Quel dommage!

J'avais tant escompté une voluptueuse orgie de mousse. J'allai ensuite arpenter les rues pour retrouver école, fenêtres et porte, grondant avec tendresse le petit William de m'avoir laissée seule dans mon esquif, marinant dans ma crasse et ma dépression. Je repensai à cette déplaisante punaise directrice d'école et souhaitai de ne pas me retrouver devant un clone. Qu'est-ce qu'elle avait dit? Nunuche? William nunuche? Jamais!

L'école m'apparut dans toute sa masse, avec des rideaux fleuris aux fenêtres. Encore une école-édifice! Décidément, le passé de William disparaissait toujours derrière lui. Puis je vis l'écriteau : THE HOMY HOME, RESIDENCE. Je regardai derrière la photo et relus la date. William l'avait prise l'été précédent et je l'avais mal classée. *Mea culpa.*

Seule devant l'édifice, je sanglotai en tournoyant sur moi-même, les yeux au ciel pour y trouver William. Car il était là quelque part à tirer les ficelles qui me faisaient avancer, triste marionnette que j'étais devenue entre ses mains.

Nathan, m'as-tu entendue penser? Je viens de traiter William de marionnettiste. Ne t'avais-je pas un jour dit la même chose? Ne m'avais-tu pas répondu que la différence entre le pantin et moi, c'était mon cul?

Les yeux encore rougis, j'entrai et me dirigeai vers la réceptionniste, qui me regarda avec compassion et sans ciller, attendant que je me calme avant de me demander si je désirais placer un parent. L'école n'était plus qu'un mouroir dont les pensionnaires sortaient soit poussés en fauteuil roulant pour prendre l'air, soit dans une boîte pour être conduits au frigidaire de la morgue.

William, as-tu été contraint d'installer ta maman ici?

Je m'enquis du numéro de la chambre de Mrs. Grace Wilcox, et la dame, certainement une nouvelle employée, fouilla dans ses dossiers avant de me dire d'un air désolé que Mrs. Wilcox nous avait quittés depuis près d'un an. Je répondis que je le savais et lui demandai s'il était possible de voir la chambre qu'elle avait occupée. Suspicieuse, elle mit son affabilité en veilleuse et me pria de m'asseoir avant d'appeler une certaine Mrs. Hoffman, qui vint me trouver quelques minutes plus tard. Cette dernière était la tenancière du home et elle m'invita à la suivre dans son petit bureau, qui avait certainement servi à la directrice de l'ancienne école. Assise devant moi, elle me dit qu'elle avait récemment appris le décès de William et qu'elle était désolée que personne n'ait pensé l'en informer. Elle termina en hochant la tête, répétant «pauvre William!» à trois reprises, insistant la troisième fois en disant «pauvre, pauvre William!».

Touchée, je ne sus que répondre. Comment lui dire que je n'avais jamais rencontré William?

Crois-tu que nous nous sommes déjà croisés, William? T'es-tu déjà assis à mes côtés dans le métro? Es-tu celui qui m'a cédé sa place ce jour où j'avais les bras encombrés de paquets?

Je réussis à retrouver mon contrôle, remerciant silencieusement William de m'avoir ouvert cette porte. Sa vie allait prendre une nouvelle direction et je pourrais cesser de faire cavalier seul. Mrs. Hoffman me fit d'abord visiter l'établissement comme s'il avait été un home modèle que j'aurais eu l'intention d'acheter. Je frétillai d'impatience dans la salle commune, triste lieu où les *chesterfields*, les bergères, les chaises de cuirette orange aux pieds chromés et les fauteuils roulants côtoyaient les tables de bridge pliantes et bancales, les antiques tables basses cernées de cercles foncés. Un téléviseur trônait dans un coin, le volume si bas que je n'eus pas besoin d'être âgée pour me sentir sourde au monde extérieur. Nous vîmes ensuite l'autel caché derrière une porte en accordéon, «bon pour nos catholiques, nos protestants et même nos juifs», la salle d'ergothérapie et les salles de bains. Les couloirs se ressemblaient tous avec leurs murs placardés de tableaux probablement offerts par les familles. L'un d'eux représentait un clown jonglant avec des ballons; un autre, une nature vraiment morte aux petits points décolorés et si effilochés par les ans que le canevas était visible à plusieurs endroits; un troisième, une pietà sur papier gondolé sous un verre empoussiéré sur ses deux faces. Mrs. Hoffman m'expliqua que le home, une entreprise privée à but non lucratif, était caractérisé par la personnalisation des lieux, ce qui voulait dire que les occupants pouvaient y apporter leurs meubles. Fut-ce la fatigue de ma dernière semaine ou mon épuisement émotif qui me fit éclater de rire? Toujours est-il que je trouvai drôle l'idée que les pensionnaires de ce mouroir puissent y apporter leurs meubles. Mrs. Hoffman me regarda sans comprendre, accepta mes excuses et me conduisit vers l'escalier menant à l'étage inférieur, pour me montrer le coin des repas du personnel – beurk! à me couper l'appétit! –, sis dans l'ancien réfectoire de ce qui avait été un couvent appartenant à la communauté religieuse *Sisters of Faith*. Elle m'offrit un café que je ne sus refuser et me fit asseoir à une table dont un morceau du placage de noyer avait été arraché. Elle disparut quelques instants, puis réapparut et m'informa qu'elle avait joint l'infirmière en chef de l'étage où se trouvait la chambre de Mrs. Wilcox. Elle se tut et me regarda, curieuse de connaître les raisons de ma visite. Je lui servis mon boniment du livre sur les chiens, qu'elle accueillit exactement comme l'avait fait Mr. McDougall. Elle avait déjà vu un chien en compagnie de William, mais n'avait jamais su que ce dernier faisait de la photographie.

William? Pourquoi toujours te taire? Pourquoi vivre en disparu?

Je lui montrai les deux clichés, celui de la fenêtre et celui de la porte, qui m'avaient conduite là, et elle les regarda d'un air faussement connaisseur avant de me demander si le chien de William avait été abattu. Je lui répondis qu'il était à l'école de dressage et elle eut un petit rire entendu, m'avouant que Mrs. Wilcox avait toujours refusé à son fils d'avoir un animal. Elle aurait sans cesse parlé de ce chien qui avait pris sa place dans la maison, disant à qui voulait l'entendre que son fils s'était débarrassé d'elle, lui préférant une bête.

Mon café me parut amer et je ne pus retoucher à ma tasse. Mrs. Hoffman continua de me répéter les propos de Grace qui, m'apprit-elle, aurait longuement refusé de voir son fils. Capricieuse? Elle voulait me faire croire que Grace était capricieuse. Impossible. Grace était douce et belle dans sa robe de velours à col de dentelle.

William entre dans la chambre ~~d'un pas précipité~~, prend la valise et la porte dans le vestibule sous les invectives de Grace qui le supplie de la garder à la maison. Elle pleure, répétant qu'elle ne saurait vivre avec toutes ces vieilles personnes amputées de leurs rêves. William la prend ~~sèchement~~ doucement par le bras pour la soutenir et veut lui faire enfiler le manteau demi-saison, élimé au col et aux poignets, qu'elle porte depuis de nombreuses années. Elle se débat en gémissant qu'il fait trop chaud pour porter un manteau. ~~Irrité~~, William le retire, le plie sur son bras, supportant toujours sa mère. Grace tire un mouchoir de son sac, se tamponne les yeux sous le regard ~~impatient~~ attendri de son fils.

Au secours, William! J'ai le cerveau qui chauffe et j'ai hâte de rencontrer cette Ms. Waverly qui me dira si tu étais un fils tendre ou impatient, aimant ou haineux. Je ne sais t'écrire, William, et je manque de mots.

Je me suis certainement évanouie pendant quelques minutes car je n'ai pas eu conscience de l'arrivée de Ms. Waverly. Elle avait connu Grace depuis le jour de son arrivée au home. J'étais à la limite de la crise de panique, affolée devant la perspective d'être forcée de gommer William, que je voyais mal en bourreau de sa mère. De toute façon, un tel homme aurait bâillonné mon imagination. Je ne savais plus si je voulais encore me trouver dans ce *Homy Home*, craignant de m'être jetée la tête la première dans la fosse aux lions. Je vis mon château de cartes rempli de dames et de valets ébranlé sur ses fondations. Je me surpris même à reprocher à William de m'avoir conduite là. Mrs. Hoffman se leva et je la remerciai en lui demandant la permission de revenir. Elle acquiesça avec un sourire aussi machinal et poli que ma question. Ms. Waverly m'invita à la suivre et nous rentrâmes enfin dans la chambre de Grace, meublée modestement.

Aïe! William, j'espère que ce ne sont pas ces meubles que ta mère avait eu la permission d'apporter.

«Mr. Wilcox a fait don du mobilier au décès de sa mère.»

Non!

Je ne voulus point l'entendre et prétendis avoir un autre rendez-vous afin de m'éclipser. Je nageais dans la confusion, sorte de magma de désespérance, et tentai de me convaincre que ces dames Hoffman et Waverly erraient, mais il me faudrait revenir au home pour comprendre ce que j'avais tenté d'occulter.

Comme c'est étrange, William! J'ai l'impression de te connaître comme un autre moi-même. Explique-moi le souvenir pâlot et tordu que tu as laissé chez tes collègues. Dis-moi les raisons de l'empressement du personnel du foyer à me raconter que ta mère a longuement refusé de te voir. Qui es-tu, William, si tu n'es pas cet être bon que je sens près de moi quand j'écris, quand tu te glisses à mes côtés la nuit?

* * *

J'avais la tête si pleine de questions, si bourrée d'histoires et de mots, que j'eus envie de crier ou de sortir ou de me défoncer. Je tentai de joindre Michael afin qu'il me distraie en me racontant cette soirée où William et lui étaient allés au cinéma. J'avais besoin de m'amuser avec eux, ne fût-ce que par procuration. Michael était évidemment absent – mais où allait-il? – et je demeurai seule à la maison à me morfondre devant un clavier inerte, avant d'enfiler un imperméable et de me précipiter à la pharmacie pour acheter une canne blanche. Tant pis, je jouerais seule à l'aveugle. Je sélectionnai un film et, affublée de verres fumés en pleine soirée noire de nouvelle lune, je sortis en essayant de marcher les yeux fermés. Je trichai évidemment, question de survie, mais, entrée au cinéma, je m'interdis de les rouvrir. Quelle frayeur! Quel martyre! Je revins à la maison en titubant d'écœurement.

La marquise étincelle de tous ses feux et Michael demande quelle est l'origine de ce bourdonnement en cascade. William cherche les mots pour décrire l'illusion de la poursuite sans fin des ampoules lumineuses. Ils font la queue devant le guichet et Michael ressent une excitation puérile à l'idée de pénétrer dans un cinéma. Toute sa vie, il l'a souhaité mais n'a jamais osé le demander, par orgueil, certes, mais surtout par crainte d'essuyer une rebuffade ou de se faire répondre qu'il était déraisonnable de jeter de l'argent par les fenêtres.

Ils entrent dans la salle et Michael trébuche, surpris par la dénivellation du plancher. William le retient fermement par le bras et s'excuse d'avoir négligé de le prévenir du danger. Prévoyant la difficulté de Michael à se glisser entre les rangées de fauteuils, William l'invite à prendre place près de l'allée. Il abaisse un siège à toute vitesse, épargnant à Michael l'humiliation de s'asseoir sur le plancher, et l'abandonne, le temps de lui acheter du pop-corn et un gobelet de Coke grand format, rempli de glaçons concassés.

Le rideau rouge que William tente de décrire est tiré et Michael pousse un petit cri de stupeur en se bouchant les oreilles lorsque commence la projection des publicités et des bandes-annonces. William se désole de le voir grimacer et l'invite à sortir si le volume du son l'incommode, mais Michael refuse. Commence enfin le programme principal, et Michael, assis sur le bout du fauteuil, se penche vers l'avant, grimaçant de plus en plus. William n'a d'yeux que pour son ami, devinant son malaise. Michael se retourne brusquement et demande sans ménagement aux spectateurs assis derrière eux d'en finir avec leur pop-corn, d'au moins faire l'effort de mâcher la bouche fermée, et de cesser de prendre leur boisson pour des maracas. William, qui n'a rien entendu du vacarme dont parle Michael, leur sourit simplement. Michael se cale de nouveau dans le fauteuil et se bouche les oreilles.

Sur l'écran, les personnages dégainent et font feu. Michael pousse un cri de douleur. Quelques personnes, surtout celles qu'il vient de rabrouer, ne se gênent pas pour manifester leur impatience. Puis vient un silence de mort. Michael se détend un peu jusqu'à ce qu'une dame qui se croit discrète s'entête à enlever lentement la papillote enveloppant son bonbon. Michael bondit de son siège et, ivre de cacophonie, titube vers la sortie, précédant un William confus d'avoir acquiescé à sa demande de faire un séjour en enfer.

Michael lui fait une colère homérique et William n'entend que la douleur inhérente à son handicap lorsqu'il lui confie en rageant qu'il en est venu à souhaiter la surdité, le bruit le rendant incapable d'entendre un concert ailleurs que dans son salon, l'empêchant d'aller au théâtre, et, maintenant il le savait, le torturant au cinéma.

Ne sachant comment apaiser le mal de son ami, William l'invite à se joindre à lui pour développer quelques films. Résigné, Michael le suit et le silence de la chambre noire parvient à l'apaiser.

L'encombrement sonore de l'univers de l'obscurité me bouleversa tellement que je retournai chez Michael. Les lumières éteintes m'indiquèrent qu'il était enfin rentré et je sonnai deux fois, impatiente de lui dire mon admiration. Il ouvrit enfin et, le renversant presque, je me précipitai dans ses bras, lui tapotant le dos en lui demandant pardon pour tout l'irrespect dont il était victime. Il demeura d'abord bouche bée, puis me supplia de relâcher mon étreinte et de lui expliquer les raisons de mon trouble.

Assise face à lui dans le salon, la gorge nouée, je lui lus mon texte, et il se mit à se racler la gorge, puis à toussoter, puis à se moucher. Respectant son intimité – après tout, je faisais aussi revivre William –, je n'osai le regarder, mais je ne perdis pas un son de sa tristesse. Je restai muette et me résignai enfin à lui faire face. Le salaud! Ce que j'avais interprété comme un silencieux chagrin était un fou rire, et il m'éclata de rire au nez! Heurtée, je ne compris rien à cette hilarité et je me sentis atteinte dans ce que j'ai de plus fragile : mes mots. Le texte était intéressant, me dit-il, mais une soirée au cinéma était, pour un aveugle, moins affolante qu'une promenade dans la rue à l'heure de pointe. C'était une sinécure en comparaison d'un déplacement en métro ou de l'utilisation d'une cuisinière, surtout au gaz – je le savais qu'il n'aimait pas cuisiner! Il m'expliqua que les aveugles se sentaient en sécurité dans les salles de spectacle, abstraction faite du bruit détestable et du volume excessif du son, puisqu'ils étaient confortablement assis et avaient l'avantage de pouvoir s'y déplacer dans le noir, contrairement aux autres spectateurs, qui étaient aveuglés dès qu'on éteignait. Mon expérience de vivre sans voir l'avait profondément touché, mais il avait trouvé l'exercice plutôt vain puisque je voyais.

Tu m'étonnes, Michael. Faut-il être homme pour habiter un personnage masculin, femme pour imaginer une femme, et aveugle pour parler de cécité? Va donc.

Je l'écoutai cependant sans broncher, me contentant de froisser mon papier assez fort pour l'ennuyer. Il fit une digression acrobatique, me demandant si j'avais montré les photos de chiens à mon éditeur. J'allais révéler que ce dernier était plus ou moins intéressé, mais je me ravisai. Je préparais, lui dis-je, une présélection, pour rendre le projet plus attrayant. Il fut ravi de l'apprendre.

Pardonne-moi, mon ami, de te taire la vérité, mais j'ai besoin de tes souvenirs.

Puis il me confia, au moment où je refermais bruyamment le couvercle de la poubelle sur ma boule de papier, que sa soirée au cinéma avait été mémorable, puisque William lui avait fait tenir la laisse de Chocolat et que personne n'avait remarqué qu'il n'était qu'un chien de salon, n'étant pas harnaché. C'était la première fois de sa vie qu'il avait pensé à avoir un chien-guide, ayant toujours préféré la canne, qui lui donnait une plus grande autonomie. Mais la présence du chien, ses grognements, ses couinements et ses aboiements, sans parler de son ronflement, lui avaient soudainement paru tentants. Il en avait fait part à William, qui avait affirmé qu'il comprenait ce qu'il voulait dire.

Michael se tut et je souffris avec lui de l'immensité du vide laissé par le départ de William. Celui-ci était un être charmant, Michael venait de me le confirmer de nouveau.

Tu as entendu, William? Toi et moi, nous nous éloignons du nunuche, non? Nous nous rions du pseudo-tortionnaire, non?

* * *

La soirée avec Michael ne fut finalement qu'un entracte. J'avais été prise à mon propre piège du drame à tout prix, de l'émotion à tout parfum. Si le rire de Michael m'avait davantage affligée qu'amusée, je surmontai ce malaise en reportant toutes mes énergies sur la relation Grace / William.

Grace pleure [...] elle ne saurait vivre [...] personnes amputées de leurs rêves. [...] Elle se débat en gémissant [...] se tamponne les yeux [...].

Les propos de Mrs. Hoffman avaient influencé ma perception de Grace et j'en eus si peur qu'ils ne cessèrent de me hanter. Grace avait certainement été mortellement blessée pour refuser de voir son fils et je voulus en connaître les raisons. Une muse ne pouvant être bicéphale, il me fallut adopter la mienne. Tenaillée un bref moment entre William et Grace dont la robe de velours à col de dentelle m'avait conquise, je cessai de me torturer et je choisis William une fois pour toutes, prête à voir ce qu'il me cachait et à souffrir s'il me blessait.

Nathan, tu as été une maudite bonne école de souffrance. Je suis prête à recevoir des coups d'un mort. Bravement, sans broncher, comme tu aurais aimé. N'est-ce pas ironique?

J'en ignorais les raisons – je les ignorerai toute ma vie – mais, depuis mon premier contact avec Michael, j'avais ressenti un coup de foudre pour ce photographe qui savait très bien utiliser une lentille quand il photographiait un chien mais pouvait souvent négliger une tache visible quand il photographiait une maison. Faux! Inutile de mentir. J'avais craqué pour un enfant. S'il était vrai que j'avais eu un coup de foudre, j'avais connu davantage de déceptions que de joies, la première étant justement cette drôle de tache floue que je retrouvais sur ses clichés, et la seconde, l'autre flou que lui-même avait laissé derrière lui chez les personnes qui l'avaient croisé alors qu'elles auraient pu le connaître.

Le lendemain matin, à mon réveil, je tâtai longuement la place à côté de la mienne dans le lit et elle me parut tiède. Mon intention avait été de demander à William la permission de le fréquenter, mais avec la ferme résolution – mes tergiversations vont me rendre folle! – d'abandonner le bateau et de le laisser s'échouer dans mon classeur. Mais William m'en empêcha. Il m'apparaissait en rêve tantôt sous les traits de Michael, tantôt sous ceux de Nathan ou du camionneur du Curateur public, mais, quel que fût son masque, il ne tenait qu'un propos : «Dis-le-leur.»

Mais leur dire quoi, William, leur dire quoi?

J'eus le sentiment d'être investie de cette mission comme Michael avait reçu celle de publier ses photographies de chiens.

Au secours! Où suis-je? Mimi! Bibi! Il y a longtemps que nous nous sommes parlé. Avez-vous décidé de votre avenir? Êtes-vous toujours coincées dans votre chrysalide? Laissez-moi une petite place près de vous. Je veux retrouver le bien-être de la caverne. Je veux redécouvrir la grandeur de l'homme et sa soif d'immortalité. Redevenir une nymphe en attente de naître.

Septembre agonisait quand je décidai de poursuivre mon aventure en prenant derechef rendez-vous avec Mrs. Hoffman au home. En quelques heures, je fus devant elle, à me casser la tête pour me donner un air de professionnelle connaissant son affaire et sachant où elle va, alors que je n'aurais pu dire d'où j'étais venue pour me retrouver là, sauf peut-être du cocon de mes chenilles. Mrs. Hoffman me regarda en souriant, prête à recevoir une requête de ma part. Pouvais-je décemment grignoter de son précieux temps pour lui demander de me parler d'une ex-pensionnaire pour laquelle elle n'avait apparemment pas eu beaucoup de sympathie? Le tout me parut indécent, surtout que je me doutais qu'on attendait de Mrs. Hoffman qu'elle donne le goût de vivre à une centaine de personnes à moitié mortes et qu'elle leur promette une belle mort.

Ms. Waverly se joignit à nous et m'accueillit en souriant – des deux, elle était la plus chaleureuse. Placée en leur présence, je ne pus résister à l'envie de leur demander de me décrire William. Erreur! Mrs. Hoffman me parla d'un homme dans la cinquantaine, très effacé, aux cheveux grisonnants, et Ms. Waverly me dit qu'il était dans la quarantaine – un point! –, plutôt discret – deux points! –, peut-être un peu trop serviable – moins un point! –, un peu trop avenant – merde! merde! et remerde!

William, tu as vécu au superlatif négatif.

La douce Ms. Waverly m'avait répété de façon plus aimable les propos de Gail! Je m'inclinai. Je mourais d'envie d'entendre que William avait été bon, mais on me le disait trop serviable. J'aurais aimé le savoir galant, mais il aurait été trop avenant. William était trop peu…, pas assez… Bref, trop peu rien et pas assez tout. Avait-il des tics, des manies, une expression récurrente? «Non.» William n'avait rien de tout cela. Venait-il souvent au home? Il y venait tous les soirs de la semaine, de dix-neuf heures à vingt et une heures, sauf le jeudi ou le vendredi, selon son horaire de travail, et tous les samedis, en après-midi et en soirée. Jamais le dimanche? «Jamais.» Enfin! William s'était réservé un jour à lui.

C'est le dimanche que tu promenais Chocolat dans les parcs et à la campagne. Tu as entendu, William? Les charmantes ladies m'apprennent que tu aimais St. John's Park. Pince-moi, William. C'est le parc que je t'ai inventé comme destination dans mon court texte sur ta promenade avec ton chien! Enfin, deux plaisirs. Un pour toi et un pour moi.

«Et sa mère en était ulcérée, croyez-nous.»

William arrive à la hâte, le trench-coat trempé, les cheveux collés aux tempes par une pluie diluvienne. Il se penche pour embrasser sa mère, qui détourne la tête, puis il passe rapidement à la salle de bains, s'éponge le visage et revient en souriant. Sa mère l'ignore encore et il doit se contenter d'effleurer sa nuque. «William! lui crie-t-elle pour être entendue de tous, je suis la seule mère ici qui passe ses dimanches à regarder les enfants des autres! J'ai honte ! » Puis elle lui chuchote sèchement à l'oreille qu'on va penser qu'elle n'est qu'une vieille femme abandonnée. Elle lui ordonne, les sons cliquetant entre ses prothèses serrées, de porter son sale chien à la SPA et d'être là tous les dimanches. « Tu m'entends, Billy ? M'as-tu entendue, Willy ? M'as-tu comprise, William ? »

Mais vous, mes belles ladies, pourquoi ne m'avez-vous pas dit qu'il était un fils exemplaire ? Pourquoi me le dites-vous trop bon ? Combien d'enfants viennent aussi souvent tenir compagnie à un parent ? Combien ? Dites-moi que vous ne le tenez pas à mi-chemin de l'indifférence et du mépris.

Je laissai mes pensées dériver quelques instants sur mon trouble. Quant à la bonté de Grace, j'en fis mon deuil, avec un urgent besoin de mesurer les ravages de sa méchanceté, puisque ravages il y avait eu, j'en étais convaincue.

Voilà comment je me retrouvai dans le département de Ms. Waverly, habillée d'un sarrau bleu pâle portant une applique blanche aux contours rouges sur laquelle était brodé le mot «volontaire». Du coup, toute la vie de William avait abandonné la grisaille de son travail et pris une autre couleur. Le vert pâle des murs me déprima tellement que le noir et blanc des photos me requinquait. Je m'habituai mal au méli-mélo d'odeurs, des parfums du personnel aux effluves des cuisines et des excréments dont tous les murs et les bouches d'aération semblaient imprégnés. Si j'avais eu du mal à comprendre les gens qui consacraient leur vie à ce travail, j'aurais volontiers signé une pétition pour que le Vatican béatifie les bénévoles. Je me fis l'oreille aux sons, véritable mélopée du dernier acte d'une vie. Ils variaient selon l'heure du jour : toux et crachotements, plaintes et gémissements au réveil; toux et étouffements, plaintes et gémissements à l'heure des repas; toux et ronflements, plaintes et gémissements à l'heure de la sieste; enfin, à l'heure des visites, toux et larmoiements, pleurs, longs et profonds gémissements, échos d'une vie de regrets ou du néant noir des souvenirs effacés.

William? Comment as-tu pu te résigner à venir ici jour après jour, à t'engouffrer dans l'antichambre de l'au-delà? Ai-je raison de penser que tu as aimé ta mère de cet amour incompréhensible et impensable, sans être jamais payé de retour?

Rentrant à la maison après une longue journée au *Homy Home*, je posai le cadre de Labradorable devant moi sur la table et l'embrassai en lui demandant de m'inspirer. Pauvre cabot! Il venait de nouveau d'être sacré muse du jour. Quant à moi, il me fallait apprendre à vivre avec cette mère que désormais je détesterais. Je laissai la robe de velours pendue au fond du placard et m'aspergeai de lotion *Old Spice*.

William marche lentement sur le trottoir de Meadow Street, un cartable lui brisant les reins. [...]

Le souvenir de la triste aventure du moineau tombé du nid et qu'il a caché sous son lit dans une boîte à chaussures est encore vif. Les piaillements ont alerté sa mère, qui a hurlé et saisi la boîte pour la jeter dehors avec son précieux contenu, fermant la porte au nez de William en criant que la maison était certainement envahie de parasites.

William est allé se tapir derrière une haie pour surveiller son protégé après s'être résigné à le porter au pied d'un arbre, espérant que la mère oiseau le reconnaîtrait et lui donnerait la becquée.

Soudain, des cris stridents et affolés d'oiseaux invisibles ont fusé de toutes parts [...] glissé un bras sous une planche pour tenter de l'attraper. Comprenant son impuissance, il [...].

Il s'est enfermé dans sa chambre, dont le lit avait été effeuillé de sa literie et la fenêtre ouverte pour chasser l'odeur de son protégé.

William a pleuré longuement en se piquant avec le coutil de son oreiller de duvet. Sa mère est entrée pour lui dire que le souper était servi et a aperçu le matelas souillé de sang. «Enfin, Willy, tu le fais exprès? Tu vois bien que j'ai tout enlevé.»

Grace a regardé la blessure [...] reçoive une piqûre. William s'en est sorti avec deux points de suture, tant la plaie était profonde. Ces petites cicatrices devraient, lui a dit sa mère, lui rappeler de ne jamais plus rapporter d'animal abandonné à la maison. «Jamais plus. Tu m'entends, William?» [...]

[...] appuie sur la sonnette. Grace vient ouvrir et William voit son humeur changer en un éclair. «J'ai dit non; c'est clair, William?» L'enfant plaide la cause du chiot avec désespérance devant une mère intraitable. Il refuse de l'abandonner aux mains du vétérinaire si elle ne l'autorise pas à en faire une photo. Pendant qu'il court chercher son appareil, il entend le chien couiner et japper, et il le retrouve terrorisé. Désobéissant à sa mère, il affronte la menace des tiques et des puces et prend la bête dans ses bras pour la consoler. Tout au long du trajet qui les conduit à la clinique vétérinaire, le chien couine et tremble...

Mon volontariat prit un drôle de virage le jour de l'arrivée d'une nouvelle pensionnaire qui, agrippée à la main de son fils, pleurait comme une enfant en promettant d'être gentille. Elle le priait de la ramener à la maison. Elle l'appelait papa et sanglotait en cherchant sa mère pour la supplier de ne pas l'abandonner et de venir la chercher. J'eus des ecchymoses sur le cœur lorsque j'aidai le fils à ranger dans une commode métallique fournie par le home les vêtements bien propres et marqués du nom de sa mère. Je lui demandai de s'occuper d'elle pendant que je plaçais ses bas, chaussettes, déshabillés, chemises de nuit dans les tiroirs et suspendais les autres vêtements dans un minuscule placard. Tous ces vêtements, peignoirs compris, tinrent sur six cintres. Oh! que ma vie devant une machine à écrire à en imaginer une autre, si pénible fût-elle, était douce en comparaison de celle d'un fils contraint de faire face à une rupture capitale. Ms. Waverly vint à mon secours et me glissa à l'oreille que l'arrivée de Mrs. Wilcox avait été cent fois plus pénible, puisqu'elle avait invectivé son fils d'une façon si inélégante et si disgracieuse que tout le personnel et plusieurs pension- naires en avait été choqués, certains la prenant d'ores et déjà en grippe. Je voulus la remercier de cette confidence, mais j'en fus incapable, n'ayant pas cessé une seule minute de consoler William. Aïe! m'étais-je affublée d'un air de veuve? Comment Grace avait-elle pu tenir des propos orduriers en portant velours et dentelle? Je trouvai le courage de demander à Ms. Waverly si Grace avait de beaux cheveux blancs noués en toque sur la nuque et elle me répondit, très gentiment, j'en conviens, que toutes les grands-mères ne ressemblaient pas à celle du *Petit Chaperon rouge.* Je respirai profondément et avalai ma salive – bol de salive ou bol d'angoisse?

As-tu bien plié les vêtements de ta mère? As-tu fait faire des étiquettes portant son nom ou as-tu tout marqué à la main, trempant une plume dans de l'encre de Chine? As-tu pleuré, toi aussi, en tenant la main de ta mère comme l'a fait ce gentil monsieur?

Ms. Waverly me tapota la joue en m'affirmant, d'un air à la fois taquin et attendri, que j'avais dû l'aimer beaucoup, puis elle me révéla qu'elle n'avait pas cru un traître mot de mon histoire de photographies de chiens. «William n'avait rien d'un artiste.» Affolant! Voilà qu'on me croyait amoureuse de ma psyché! Et qu'avait-il dit, le fils de Grace? Je parie qu'il avait blâmé la maladie et l'âge pour l'acrimonie de sa mère et avait prié les gens de l'excuser. Sur quel ton? Ms. Waverly me regarda, les sourcils froncés, cherchant la réponse la plus juste. William, dit-elle enfin, avait parlé sur ce ton qu'il avait toujours eu. «Poli et éteint. Sans émotion. Ne le saviez-vous pas?» Éteint et poli!

Mon pauvre William, ce sombre jour t'avait complètement atterré, non?

Tristounette, je rentrai à la maison et feuilletai mon magazine *Zoom* fraîchement livré. Coïncidence étonnante, on y trouvait un reportage sur les photographes animaliers, dont un certain Kenneth Brown qui se spécialisait dans les photographies de chiens. Avais-je perdu mon sens critique? Je n'en sais rien, mais je remarquai que pas un seul des chiens de Brown n'exprimait le plaisir, la joie, la honte, la peur, la détresse et le désespoir que l'on trouvait dans la fournée Wilcox. Les chiens de William avaient de l'âme alors que ceux de Kenneth Brown n'étaient en fait que des prototypes de la race, sculpturaux, propres, brossés et sans bave. Léchés par leur maître! Beurk!

Le médecin a été formel : Grace doit vivre dans un home puisqu'elle aura désormais besoin d'assistance quotidienne, de médicaments et de soins qu'une personne seule et inexpérimentée ne peut lui prodiguer.

William entre sur la pointe des pieds dans la chambre de Grace, la regarde dormir en résistant à l'envie de lui replacer une mèche rebelle, prend la valise qu'il a mis deux semaines à préparer, passe au salon pour vérifier une dernière fois la liste fournie par le <u>Homy Home</u>, et, rassuré, la boucle doucement pour ne pas éveiller sa mère. Grace ouvre les yeux dans cette chambre depuis près de trois quarts de siècle et William ne se sent pas le courage de l'arracher à cette douillette habitude. Il se fait un café quand il entend les sons matinaux de Grace : toux, crachotements, plaintes, gémissements, qui l'ont toujours affolé. La supplique de sa mère se faisant alors plus aiguë, il se précipite à son chevet pour la trouver assise sur le bord du lit. Elle tente de se lever, mais ses jambes boudinées par la tension artérielle et une légère ataxie de vieillesse rendent ce simple geste impossible à accomplir.

William a à peine eu le temps de la conduire aux cabinets, ahanant sous son poids, que l'on sonne à la porte. Il ouvre et laisse entrer les déménageurs du Homy Home, qui doivent emporter le mobilier de Grace. William a remplacé celui de sa mère, trop massif pour l'exiguïté de la chambre du home, par le sien. Grace lui a servi une litanie de remontrances, l'accusant de la placer pour obtenir son joli mobilier.

De la salle de bains, Grace hurle son impuissance. Coincée sur la cuvette, elle est incapable de se relever pour aller expulser les déménageurs. Tout en toussant, elle menace William de poursuites judiciaires pour vol et escroquerie, le traitant de nouveau de fils cupide qui spolie sa mère sans aucun scrupule. Elle termine sa harangue en lui criant que, s'il n'était pas son fils, elle le traiterait d'enfant de chienne. Les déménageurs feignent de n'avoir rien entendu et passent devant William en évitant de le regarder.

Décontenancé, William leur offre un café et profite de cette pause pour vêtir sa mère, qui, insatisfaite, lui reproche d'avoir choisi sa plus vilaine robe pour qu'elle ait l'air misérable. Elle insiste pour porter sa robe de velours au col de dentelle et William lui rappelle gentiment que cette robe ne lui va plus depuis des années. Pour la consoler, il lui offre de la mettre dans son bagage, ce qu'elle accepte en ronchonnant.

L'ambulance dans laquelle ils ont pris place suit le camion comme si ce dernier était un corbillard transportant une carcasse sans vie.

À peine ont-ils franchi quelques pâtés de maisons qu'ils arrivent au Homy Home, et Grace ordonne à l'ambulancier de faire demi-tour. William tente de calmer sa mère tandis que le chauffeur fait la sourde oreille, ce qui irrite davantage Grace, au point qu'elle fait un esclandre, mémorable dans les annales du home, où jamais une arrivée n'a soulevé autant d'émoi.

Grace refuse de remplir le formulaire d'admission et William est contraint de le faire sous son regard courroucé. Mrs. Hoffman met fin à son supplice et roule le fauteuil de Grace jusqu'à l'ascenseur, en lui parlant sur un ton calme de toutes les activités qu'elle aurait, sans négliger les petites fêtes et les spectacles. Grace agite ses gros tuyaux de jambes pour en extirper ses pieds comme s'ils n'étaient que des jambières. De sa voix de stentor, elle crie à Mrs. Hoffman qu'elle déteste qu'on lui parle comme à une enfant, et qu'elle ne veut pas voir de spectacles parce qu'il est notoire que dans les homes on massacre les cantiques et qu'on y voit des comédiens à la retraite depuis trente ans.

William monte la rejoindre à sa chambre pour ranger ses effets. Grace tourne la tête en guise de protestation tout en continuant de le vilipender. Deux pensionnaires apeurées éclatent en sanglots devant l'impuissance du personnel à calmer le déchaînement de Grace. Mrs. Hoffman la conduit dans la salle communautaire, où elle continue de tempêter contre son fils qui s'est emparé de son beau mobilier de chambre pour ne lui laisser qu'un petit lit presque monacal et une commode dont les tiroirs n'ont jamais bien glissé. Mrs. Hoffman lui demande d'une voix sirupeuse où il a bien pu trouver un tel mobilier, ce qui la fait taire illico. Humiliée et imaginant un rictus de plaisir chez Mrs. Hoffman, elle fixe le mur, sourde à son environnement et aveugle à l'arrivée de William venu lui tenir compagnie pendant le repas de midi, qu'elle refuse de manger avec une bruyante obstination. Elle s'ébroue devant chaque plat, que ce soit le potage, la viande méconnaissable, la purée de légumes ou le dessert. William la suit des yeux tandis qu'elle roule seule son lourd fauteuil et ferme la porte de sa chambre. Elle n'en ressort plus de la journée et William l'attend en vain, assis devant un téléviseur muet, se demandant si sa mère est aussi malade qu'on le lui a laissé entendre.

* * *

Je reparlai à mon éditeur, le suppliant de regarder les photographies de William d'un œil nouveau, et il accepta. Il m'accueillit cordialement et je lui montrai d'abord le magazine *Zoom* pour qu'il puisse comprendre la beauté du travail de William. Je commentai chacun des clichés avec, m'a-t-il expliqué plus tard, tellement de justesse, de tendresse, parfois même de recueillement ou d'amour, qu'il commença à s'agiter sur sa chaise, gêné par mon propos. Je n'avais apporté que quelques centaines de clichés, en lui précisant qu'il y en avait encore un millier. Il ricana et, en fin psychologue, conclut que William ne devait pas avoir grand-chose à dire s'il n'avait fait que des photos de chiens. Du coup, je revêtis la toge rouge de l'avocat du diable pour défendre la quête de perfection, la profondeur de l'expression photographique qu'il y avait chez Wilcox, la générosité d'un artiste qui recherchait à l'infini le sentiment d'un être étiqueté comme «sans âme» par l'homme. Mon éditeur, toujours aussi fin psychologue, referma le portfolio, me regarda en esquissant un sourire de connivence et me demanda pourquoi j'avais inventé un photographe mort pour vendre mon travail. Aucun individu, ajouta-t-il, ne pouvait si bien connaître le travail d'un autre sans y avoir lui-même consacré des années. Interloquée, je sentis mon visage devenir aussi cramoisi que ma toge. Il me mit une main sur l'épaule pour me consoler d'avoir été démasquée, me dit que «mon» travail était «très» intéressant et que nous pourrions peut-être en reparler pendant le lunch auquel il convierait également son directeur artistique. J'acceptai, inquiète de lui avoir concédé une partie de mon intégrité.

Le repas fut détestable et, toujours ébranlée par la prétendue perspicacité de mon éditeur, je ne sus retrouver mon équilibre. Esclave du souhait de Michael et catastrophée de les entendre parler de «mes» photos, de «mon» œuvre, je ne cessai de leur répéter que William Wilcox n'était pas mon pseudonyme. Ils ricanèrent en se disant d'accord avec moi et me recommandèrent de le changer puisque ce nom était un peu niais!

Tu n'as rien entendu, William. Il est joli, ton nom.

Ils s'enquirent ensuite si je ne voyais pas d'objection à ce qu'ils montrent «mon» travail à des spécialistes en photographie animalière et j'acquiesçai, à la condition d'assister à la rencontre. Offusqués, ils me demandèrent si je voulais publier mes photos ou non. Je répondis que cela était mon vœu le plus cher puisqu'il était temps que soit reconnu le travail de William. «Ah! ah! ah! c'est que tu y tiens!» L'éditeur eut alors ce qu'il qualifia d'idée de génie, en me demandant d'écrire un livre sur ce William et de l'appeler *La Quête de William*. Bon, je n'avais plus envie de rire. Je les remerciai du délicieux repas que je m'étais contentée de picorer et je sortis, le portfolio sous le bras. Merde! Je venais de jeter à l'eau les quelques dizaines de dollars que j'avais dépensés pour ce portfolio, accessoire théâtral dont le seul rôle avait été de montrer le sérieux de ma démarche.

J'allai attendre Michael à la sortie du laboratoire pour lui raconter mon échec. Devant la profondeur de sa déception, je l'invitai à dîner chez moi, ce qu'il refusa avec une agressivité que je ne lui avais jamais vue, me lançant par la tête que j'étais aussi imbécile que William. J'en fus si saisie que je lui lâchai le bras, et il me précéda de quelques pas avant de déplier sa canne et de continuer vers son domicile en maugréant contre les tarés de la terre qui étaient incapables de comprendre qu'un nouveau lieu était toujours un immense piège. De tous ces imbéciles, j'étais celle qui aurait dû le savoir le mieux puisqu'il avait eu le courage de me demander de lui faire visiter le logement de William. Je le regardai s'éloigner de sa démarche hésitante et titubante, et je le rejoignis. «Il y aura un escalier de sept marches, Michael, puis cinq pas avant d'atteindre la porte. À l'intérieur, poursuivis-je, ton problème sera relativement simple puisque la cuisine est la dernière pièce du fond et que tu y accéderas par le couloir que tu trouveras tout droit devant toi. Douze à quinze pas, Michael, tout au plus.» Il s'immobilisa et se tut pendant quelques secondes avant de me demander si je faisais bien la cuisine.

Répétant ce que j'avais appris dans le logement vide de William, je le guidai alors qu'il traversait chacune de mes trois pièces en s'y mouvant avec toute l'assurance que peuvent avoir les aveugles quand ils ont mis leur crainte en veilleuse et bâillonné leur peur. Michael s'attabla sans difficulté et sut à l'odeur qu'il allait manger un steak calciné, des pommes de terre brûlées et une salade à la sauce trop citronnée. «D'accord, j'ai menti.»

J'allai droit au but et lui demandai d'une voix mal assurée pourquoi il avait traité William d'imbécile. Il se réfugia dans un mutisme que j'aurais trouvé impoli si je n'avais remarqué que l'amertume lui cousait les lèvres. Il abandonna finalement sa discrétion que j'avais toujours trouvée constipée, pour me raconter cette Saint-Sylvestre où il était venu pleurer chez William. Il avait décidé de tenir compagnie au nouvel orphelin pour que le passage d'une année à l'autre ne soit pas trop morbide, mais il avait, me conta-t-il, lamentablement failli à sa tâche. Il s'était présenté devant William en pleurnichant, tenant à peine sur ses jambes. Plaqué par une jeune femme qui avait refusé d'être sa dulcinée, il en avait ressenti un véritable rejet et avait ensuite longtemps léché ses plaies. Avec sa facilité habituelle, Michael se moqua de lui-même et me raconta que la jeune femme en question n'avait même pas ri lorsqu'il lui avait dit qu'elle n'aurait jamais à marchander puisque, pour ses beaux yeux, il travaillerait toujours au noir. Et c'est William, le plus esseulé des deux, qui lui avait offert sa présence, tout en s'excusant d'ignorer les mots qui l'auraient consolé. Michael fut ému aux larmes en me racontant que William l'avait empêché de partir, l'avait veillé toute la nuit et lui avait servi un chocolat chaud en guise de consolation. Pauvre William! Michael s'en voulait encore d'être arrivé sur le coup de minuit, au moment où il s'apprêtait à donner sa part de dinde à Chocolat. Toute une soirée à l'attendre alors que Michael s'était vautré dans la révolte et le chagrin sans se soucier du nouvel an de son ami.

Je me levai de table et enlevai les couverts, heureuse que Michael ne puisse remarquer le tremblement de mes mains. Chaque fois qu'on me parlait de William, j'entendais en sourdine les mots «solitude», «malaise», «inadéquation». Chaque fois qu'on me parlait de William, j'avais envie de le prendre dans mes bras pour le consoler d'une chose que j'ignorais. En fait, je pense qu'il m'aurait fallu le consoler de la vie, pour laquelle, je commençais à le comprendre, il n'avait eu aucun talent.

Pas comme toi, Nathan, qui avais pris la vie avec arrogance, ne lui laissant en bout de piste que la possibilité de te tuer. Ta leçon, Nathan, était-elle que la vie doit être malmenée, secouée, maltraitée? Et toi, William, tentais-tu de t'effacer pour qu'elle ne puisse t'atteindre?

Je me ressaisis à temps pour entendre Michael me raconter cette nuit-là, où il avait dormi dans le lit de William alors que celui-ci était assis sur une inconfortable chaise droite, le chien étendu à ses pieds. Il avait eu le sentiment d'être protégé non seulement par les couvertures, mais aussi par des yeux surveillant son mal, comme si William et Chocolat avaient suivi un cours de symptomatologie du chagrin d'amour. «Je râlais comme un imbécile et William a frotté une de mes épaules en m'offrant son maudit chocolat chaud. "Je ne sais que faire devant le chagrin", m'a-t-il dit.»

Michael repartit sans hésitation, ma maison rapidement apprivoisée. Il me rassura quant à la décision de mon éditeur et m'encouragea à en voir d'autres. Je fus toutefois horrifiée par sa suggestion de ne pas nier la possibilité que je sois William Wilcox si cela pouvait faciliter la publication de l'album. Quel fumiste!

William mastique lentement, attablé seul devant une assiette garnie d'une cuisse de dinde, de pommes purée, de petits pois et d'airelles. Plus qu'une heure avant que l'année tourne sur elle-même et William a attendu Michael en vain. Il se résigne et mange seul, sans appétit, un repas qu'il a pourtant eu un grand plaisir à apprêter. Il avait promis de la dinde à Michael quand celui-ci lui avait avoué n'en avoir pas mangé depuis des lustres.

J'étais dans un état de peur panique. C'était la première fois, la première vraie fois, que je tentais de romancer une situation qu'on m'avait presque entièrement racontée. Il y avait bien eu l'arrivée de Grace au *Homy Home*, mais, sitôt que cette scène eut été écrite, Ms. Waverly m'avait raconté des anecdotes à m'en faire dresser les cheveux sur la tête. Grace avait dit à tous que William, son «fils à renier», l'avait laissée coincée sur la cuvette des cabinets pendant que les déménageurs sortaient le mobilier et prenaient un café en riant d'elle! Grace les fesses collées à la lunette! Pour de vrai! J'avais imaginé cette situation et Ms. Waverly m'avait dit ensuite qu'elle s'était réellement produite. J'avais rigolé en écrivant ce passage, certaine qu'une telle humiliation ne pouvait se produire. Mon éditeur, toujours branché sur le marketing, m'aurait dit qu'il ne fallait pas exagérer si je voulais être prise au sérieux. Maintenant je savais que je n'avais pas exagéré; j'avais tout au plus ironisé. Oh! et puis zut! Il était plus que probable que je découvre certaines vérités à travers les méandres de mon empathie. Plus je parlais de William et plus je pensais à William – en fait, j'avais cessé de penser à autre chose –, plus je sentais s'effectuer une espèce d'osmose qui, loin de m'effrayer, me confortait dans ma démarche créatrice. J'avais compris que le comportement secret et détaché de William ne pouvait être que la conséquence de l'omniprésence d'une idée créatrice. William avait regardé le monde à travers une lentille pour ne mettre au foyer que ce qui lui plaisait et reléguer dans l'ombre ce qu'il ne souhaitait pas voir.

Ah! William... Aide-moi au moins à éviter les écueils. Que mon imaginaire devienne ta

vérité est le rêve le plus cher que je puisse caresser,
le jour comme la nuit.

J'étais donc là, seule devant ma machine à écrire, déplorant l'existence du clavier entre moi et le papier. Entre le papier et la création. Je cherchais un cocon d'intimité chaque fois que je devais agir comme William, penser comme William, parler comme William, être William.

[...] sans appétit, un repas qu'il a pourtant eu un grand plaisir à apprêter. Il avait promis de la dinde à Michael ~~quand~~ le jour où celui-ci lui avait avoué n'en avoir pas mangé depuis des lustres. Chocolat ne cesse de poser son museau près de l'assiette, bave avec une évidente gloutonnerie et le regarde de ses yeux implorants. William lui tapote le haut du crâne et lui promet ~~une aile si Michael~~ la part de Michael si celui-ci se désiste.

Chocolat se lève d'un bond et se dirige vers la fenêtre, qu'il égratigne de ses pattes de devant. William s'approche et voit Michael s'extirper d'un taxi avec tant de difficulté qu'il s'empresse de lui porter secours sans se couvrir, malgré un froid sibérien. Michael perd pied sur la glace vive du trottoir et lui tombe dans les bras en pleurant comme un enfant. William, qui a commencé à lui offrir ses meilleurs vœux, se tait aussitôt, inquiet, car il craint de ne pouvoir soutenir son ami jusqu'à l'intérieur. Comment un aveugle ivre mort a-t-il pu se retrouver dans un taxi?

William fait asseoir Michael contre le mur du vestibule et lui retire manteau et couvre-chaussures, maculés ~~de neige fondante, de sel,~~ de sable et de boue. Michael étouffe rapidement ses pleurs en leur substituant un rire si baveux que William se précipite sur la boîte de mouchoirs de papier. Michael lui lance qu'il n'aura pas de cesse qu'il n'ait mis la main au collet de l'abruti qui a dit que l'amour était aveugle. Si son amour était aveugle, ce n'était certes pas le cas de celui de cette femme qui avait eu la gentillesse de lui appeler un taxi après lui avoir signifié son congé.

William soulève Michael et, le tenant sous les aisselles, le traîne jusqu'à sa chambre. Il ignore les clappements qui viennent de la cuisine, souhaitant que Chocolat ne s'étouffe pas avec les os de la dinde. Il annonce à son douloureux ami qu'il ne le laissera pas ressortir par ce froid. Michael lui hurle à la tête que c'est là la chose la plus idiote qu'il ait entendue de la soirée, même si sa soirée a été farcie d'imbécillités. Il éclate de rire sans raison, mais n'en continue pas moins à houspiller William, le traitant de taré pour n'avoir pas encore compris qu'il ne peut dormir dans une maison étrangère. Il ne sait pas encore y repérer les toilettes, dont il aura grandement besoin s'il ne parvient pas à cuver son vin.

William fait la sourde oreille et étend Michael sur le lit après avoir plié le couvre-lit et tiré les draps et les couvertures. Il lui enlève son pull, ne lui laissant qu'un débardeur légèrement grisâtre, et ramène le drap jusqu'aux épaules au moment où Michael débite son écœurement de toujours avoir à demander du secours. «Pardon, auriez-vous l'amabilité de me dire si le feu est au vert? Merci. Pardon, pourriez-vous m'indiquer où sont les toilettes des hommes? Merci. Pardon, suis-je bien sur le quai numéro sept? Merci.»

Michael demande à William de s'approcher et il adopte maintenant un chuchotement bien frappé, scandé, douloureux. « Pardon, pourriez-vous aimer un aveugle ? Non ? Pardonnez mon effronterie. Comment ? Il est déjà difficile d'aimer un homme qui a des yeux ? Mais voyons, madame, voyez en moi un authentique travailleur au noir. Et j'ai des yeux. Vous dites ? Qu'ils sont de purs artifices ? Ha ! William, mon ami, tu es toujours là ? J'entends mal, ce soir. »

Couvrant la main de son ami, William lui affirme qu'une telle femme ne peut être aimable et qu'il aura certainement plus de succès la prochaine fois. « Elle était la prochaine fois. Et la dame avant elle aussi. Et la précédente également. Elles sont toutes la prochaine fois, William. » William se tait pendant une éternité et ouvre finalement la bouche pour offrir un chocolat chaud en ajoutant qu'il est complètement désemparé devant cette première confidence de sa vie.

Michael l'entend murmurer que c'est aussi la première fois de sa vie qu'il accueille un visiteur pour la nuit. «Pardon, est-ce que M. Wilcox pourrait se retirer? Je voudrais dormir. Merci.»

* * *

Le matin ne réussit pas à percer les véni-tiennes, bloqué par un mur de nuages et de pluie dont le vent écrasait les gouttelettes contre les carreaux, inorthodoxe façon de les laver avant que l'hiver ne fige l'eau en givre. Il me fallait vider la marmite autoclave qu'était devenu mon cerveau. Les mots, les mots, les mots! Comment l'écrire? Comment le dire? Sous quel éclairage? En réalité, le matin n'était pas bloqué par un mur de nuages et de pluie, mais il faisait un temps de chien d'octobre venu pour exécuter la sentence de mort de l'été. Ce mois avait réussi, comme toujours, à me donner un funeste cafard, une déprime à attrister le clown aux ballons, à rendre la nature encore plus morte et à faire tomber le Christ des bras de la pietà. Les murs du *Homy Home* s'étaient dangereusement rapprochés et je ne cessais de songer à ma vieillesse, à ma maladie, à ma fin de vie, à ma mort. Bref, le

Homy Home n'était pas un endroit pour se requinquer et je savais que mon bénévolat n'était utile à personne, pas même à moi. Faisant abstraction des personnes séniles que leur fatum ne semblait pas troubler, je cherchai à comprendre la force et le courage de celles qui fermaient les yeux devant la mort, ses sons, son odeur et son rituel. Je décidai donc de colorer ma grisaille intérieure en rendant mon uniforme bleu pâle à étiquette blanc et rouge. Je n'avais plus envie du volontariat, impuissante à feindre la complicité avec une inénarrable fumisterie. J'allai voir Ms. Waverly pour l'informer de ma décision. Lorsqu'elle m'aperçut, elle se précipita à ma rencontre et me demanda sans ambages si j'accepterais de travailler, contre une modeste rémunération, dans le local d'ergothérapie. Elle poursuivit en me disant que l'ergothérapeute souffrait d'un *burnout* – tiens! ça m'étonne – et que Mrs. Hoffman aurait besoin de quelques semaines pour lui trouver une remplaçante. Bien qu'un petit salaire tombât à point, je ne compris pas en quoi je pouvais être utile en ergothérapie, jusqu'à ce qu'elle me dise que j'y aurais amplement le temps de travailler avec les pensionnaires à la confection des décorations de l'*Hallowe'en.* Réjouissant! Ms. Waverly était le genre de personne à laquelle on ne peut rien refuser et j'avais même été témoin de circonstances où les gens s'étaient fendus en quatre en allant au-devant de ses désirs avant même qu'elle ne les exprime. Je fais moi-même partie de cette catégorie et j'acceptai en affirmant que je serais on ne peut plus heureuse de préparer des guirlandes de squelettes, des sorcières, des araignées, des stèles et des grosses citrouilles. Elle me tapota le bras en me disant qu'elle avait toujours su qu'elle pouvait compter sur moi et me remercia avec ce sourire qui nous faisait immanquablement tomber dans les rets de la générosité, à notre corps défendant.

Je me retrouvai donc avec les pensionnaires qui étaient en mesure de se servir d'une paire de ciseaux et d'un pot de colle. Jour après jour, je jouai avec la mort, et je fus sans cesse troublée de voir que ceux qui flirtaient avec la véritable mort beaucoup plus que moi riaient en faisant se dandiner des squelettes au bout de cordelettes ou s'amusaient à se faire peur avec des masques de sorcière quand ils ne posaient pas une araignée de caoutchouc sur le bras d'un copensionnaire. Je colorai ma grisaille intérieure en orange et en vert fluorescent avec l'amusant sentiment de travailler dans une garderie. Et puis, un matin, alors que je m'apprêtais à aller fixer les guirlandes et les balais dans la salle communautaire, une de ces dames me dit, de sa petite voix ricaneuse et aigrelette, que Mrs. Wilcox avait rendu l'âme le matin de l'*Hallowe'en*. Je lui fus extrêmement reconnaissante de m'apprendre la couleur du matin du départ du Mrs. Wilcox, mais la dame ajouta qu'un bris de tuyauterie, dans la nuit du 30 au 31 octobre, avait forcé le personnel à l'évacuer de sa chambre pour lui installer un lit de fortune dans la salle d'ergothérapie. «Exactement là où vous êtes assise, ma belle demoiselle.»

William? Dis-moi que ce n'est pas vrai.

Je regardai la salle et fus soufflée par cette catastrophe. Car c'était une catastrophe. Comment diable, et il y en avait des dizaines sur les murs avec leur sourire et leur fourche, pouvait-on mourir dans un décor aussi burlesque?

William pose le combiné en tremblant, alerté par la précipitation des propos de l'infirmière [...]. Sa mère tourne la tête vers lui et tente vainement d'ouvrir les yeux. William glisse un bras sous sa nuque faible comme celle d'un nourrisson. Du regard, il appelle l'infirmière à son secours [...].

Un bruit d'écoulement d'eau se fait entendre depuis la salle de bains de la chambre et William s'y rend pour en découvrir l'origine. L'eau gicle d'un des tuyaux du plafond et inonde déjà les sanitaires. Affolé, William tire la cordelette pour appeler le personnel mais celui-ci met tant de temps à répondre qu'il patauge déjà dans l'eau lorsqu'on arrive en s'excusant du retard. En moins de deux, on évacue Grace vers la salle d'ergothérapie.

William tente d'ignorer les cris de ceux qui veulent colmater la fuite d'eau. Il a le sentiment qu'on a porté sa mère sur une scène pour qu'elle y joue le dernier acte de sa vie. S'il n'avait déjà l'âme coincée dans un remous, il pleurerait de révolte de voir sa mère au cœur de cette bouffonnerie.

Le souffle de la mourante rompt sa cadence et se fait plus difficile, plus profond. Résigné devant l'inéluctable, l'enfant se colle encore plus à sa mère et essaie de ne pas retenir la vie dont elle expire l'air raréfié comme celui de la canicule. [...] Grace ouvre les yeux et William, affolé à l'idée qu'elle puisse se croire en enfer, se place directement devant elle pour l'empêcher de voir les têtes de mort et les diables [...].

Un ballon noir gonflé à l'hélium éclate et William sursaute, tirant ainsi sur le bras de sa mère qui, quoique morte depuis déjà plusieurs minutes, lâche des vents et râle dans une espèce de soulagement existentiel. William n'aurait pas voulu entendre ces relâchements et se décourage, son initiation à la mort lui étant de plus en plus insupportable. Il allonge les bras de sa mère contre son corps qui, privé de souffle, se confond avec les objets de la pièce [...].

Stéthoscope au cou, un médecin [...] puis sort de la chambre en donnant un tape sur un mobile de squelettes et de chats qui se dandinent devant lui à cause du courant d'air.

Les auxiliaires entrent dans la pièce mortuaire et remportent décorations et accessoires de la fête, s'excusant chaque fois qu'ils quittent la salle. On prie enfin William de quitter les lieux afin qu'on puisse mettre sa mère dans un sac. Paniqué devant le va-et-vient, William demande une dernière minute de solitude pour inscrire à jamais dans sa mémoire d'enfant l'image de sa mère.

On lui refuse ce privilège, puisqu'on doit se hâter de protéger les accessoires de la fête avant que l'eau de la chambre de Grace ne vienne les abîmer.

J'assistai à la petite fête de l'*Hallowe'en* en pensant à ce texte qu'il me fallait réécrire, convaincue qu'il était faux d'affirmer que le ridicule tue. J'eus sous les yeux le ridicule pendant une après-midi entière. On fit rire les pensionnaires parce qu'il était de mise de rire lors d'une fête. On leur servit des gâteaux décorés de citrouilles et de têtes de mort parce que c'était la fête des potirons et de la mort. Ils eurent droit à un spectacle d'amateurs, ni intéressant, ni bon, ni drôle, mais qu'ils furent forcés d'acclamer, parce que c'était la fête. Sincèrement, j'eus le sentiment d'être au milieu d'une mascarade tenue dans des catacombes. Je rentrai à la maison, déterminée à ne plus être prise dans les rets de Ms. Waverly.

William, comment as-tu pu survivre à cette cascade d'événements fortuits sans en être offusqué à en hurler? As-tu hurlé, William?

Je retouchai mon texte avec beaucoup de difficulté puisque je devais mettre en scène le trépas de Grace dans un décor terriblement irrespectueux. Puis je décidai de rendre visite à Michael et, chemin faisant, je croisai plusieurs enfants costumés et gourmands de plaisir. Michael m'ouvrit, et il m'écouta sans m'interrompre lui raconter ce que j'avais appris sur le décès de la mère de William. Il se leva pour éteindre les lumières afin de repousser les petits fantômes et les chats noirs qui pouvaient sonner à sa porte en disant «*trick or treat*» pour avoir des bonbons, «*yeah!*», des sous dans leur tirelire de l'Unicef, «*thanks*», et des pommes ramollies, «*wash!*».

Quand enfin j'eus terminé mon récit, Michael me fit asseoir près de lui et me passa un bras autour du cou en me demandant de ne pas me mettre en colère. Il m'apprit alors que William n'avait jamais assisté à la mort de sa mère puisqu'elle était morte subitement d'une thrombose cérébrale consécutive à celle qu'elle avait faite à la fin du mois d'août. Elle en était restée aphone, avec un bras et une jambe paralysés. Ce soir-là, William, conformément à son habitude, avait quitté le chevet de sa mère à vingt et une heures et, comme tous les soirs, il s'était enfermé dans sa chambre noire pour n'en sortir que tard dans la nuit. Par un malheureux hasard, Chocolat, avec sa queue ou autrement, avait fait tomber le combiné du téléphone et ce n'est que le lendemain matin que William s'en était aperçu. Michael me consola en affirmant que jamais William n'avait eu vent de cette histoire de bris de tuyau – «si oui, il ne m'en a pas parlé» –, et que jamais il n'avait su que sa mère avait été transportée dans la salle d'ergothérapie – «s'il l'a appris, il ne m'en a rien dit» –, puisqu'il ne l'avait revue qu'allongée sur la dalle de la morgue du *Homy Home*.

Oh! mon pauvre William!

De retour chez moi, je me rassis devant mon Olivetti, ne sachant si je devais croire l'histoire de Michael – pourquoi l'aurait-il inventée? – ou me fier à mon intuition, qui me disait que William avait toujours tout su. S'il n'en avait jamais parlé, c'est probablement parce qu'il avait été mortifié que sa mère à la bouche tordue fût morte entourée de sorcières. Si Grace avait été ma mère, je n'aurais plus jamais trouvé le sommeil, empoisonnée par l'idée qu'elle avait peut-être ouvert les yeux en mourant et que sa dernière vision de la vie avait pu être une tête de mort ou une stèle. Je décidai finalement de faire une croix sur mon texte et je le rangeai dans la chemise des projets échoués.

Adieu, Grace.

* * *

Ms. Waverly, en reprenant mon uniforme, écrasa avec grâce une larme dans le coin de son œil. Une vraie larme. Elle me demanda si je pouvais la dépanner à l'occasion et j'allais dire oui lorsque je me souvins de mes résolutions. Décontenancée, elle m'invita pour le lunch et j'acceptai, avec la honteuse arrière-pensée qu'une bonne bouffe en ma plaisante compagnie pourrait faire ressurgir des souvenirs omis.

Ms. Waverly m'emmena dans un restaurant grec, où nous avons mangé une salade croustillante et goûteuse. Elle me parla de son travail de nursing – «une vraie vocation» – avec un enthousiasme qui ne se démentait pas et me questionna sur le métier d'écrivain en m'avouant son appréhension – son désir? – de se retrouver un jour dans un de mes livres. «Hi! hi! ah! ah!» Nous en étions au café lorsqu'elle tira de son sac une enveloppe qu'elle me tendit en souriant. C'était, m'expliqua-t-elle, une photographie de Mrs. Wilcox prise sur le vif lors de son dernier pique-nique, quelques jours à peine avant son premier accident cérébrovasculaire. «Elle nous a enguirlandés, madame, comme si nous avions commis un sacrilège. Il a fallu que Mr. Wilcox lui promette de détruire le négatif et le cliché, ce qu'il n'a jamais fait puisqu'elle a eu sa trombose avant même que les pellicules ne soient développées. Il nous a simplement confié que sa mère avait les appareils photo en horreur et que lui-même n'avait jamais pu faire un cliché d'elle.»

Grace était là sous mes yeux, avec une moue d'ennui, assise devant un plateau sur lequel était posée une assiette de carton dans laquelle on reconnaissait un sandwich à peine grignoté, des branches de céleri et un rafraî-chissement intact. Ms. Waverly s'étonna de mon émoi mais garda un silence respectueux, dans l'attente d'une réaction ou d'un mot de ma part. J'étais tétanisée. Grace avait les cheveux clairsemés et ébouriffés, un nez un peu busqué, un menton où on pouvait deviner une fossette, et la peau tendue par les rides. Elle portait une robe à l'imprimé ultrabanal. Une vieille dame pas sympathique du tout, clone de toutes les vieilles dames pas sympathiques que je croisais sans les voir, contrairement aux irrésistibles et rigolotes mamies que j'aurais embrassées chaque fois que je l'aurais pu. Rien n'empêche que j'étais émue, et Ms. Waverly me tendit un mou-choir en me demandant si c'était le fait de le voir qui me chavirait. «Le voir?» Elle m'in-diqua alors le dos d'un homme vêtu d'un t-shirt aux couleurs d'Agfa. Un homme aux cheveux châtains, fournis, aux oreilles légè-rement décollées et pointues. Il avait les épaules assez carrées sans être larges, la taille un tantinet épaissie par la quarantaine, une paire de fesses que je ne pouvais voir, cachées par un saladier posé sur la table derrière lui, et des jambes masquées par une longue nappe de papier.

William! Mon William…!

Ms. Waverly vit le tremblement de mes mains et les couvrit des siennes en me demandant, avec toute la compassion dont elle était capable, s'il me manquait toujours autant. Et moi, l'hystérique, je répondis que oui entre deux sanglots. Je voulus me faire croire que je pleurais Nathan mais je pleurais William et l'absurdité de sa vie.

Non, j'ai quand même réussi à sécher mes larmes, Nathan. Peut-être même avant ta mort, que je n'ai cessé de pleurer en sanglots d'orgueil blessé.

Je pleurais la solitude de William et son deuil. Je pleurai, pleurai à m'en fendre l'âme, et Ms. Waverly déposa son sachet de kleenex devant moi. J'avais tout juste commencé à me calmer lorsqu'elle me raconta que jamais un fils ne s'était aussi bien occupé de sa mère.

Enfin! Enfin, je l'entends, William! J'ai tellement souhaité ces belles et douces paroles.

Elle me dit qu'il arrivait tous les vendredis avec un présent sous le bras, toujours acheté au *Lace Body Shop*, une boutique de lingerie féminine. Sa mère, si gâtée qu'elle en devenait presque gâteuse, le réprimandait vertement en lui disant qu'il n'avait jamais eu de goût et qu'il savait qu'elle détestait le rose, ou le jaune, ou le vert, ou le bleu, ou l'imprimé…

Grace, tu m'entends? J'en ai mal au nombril d'entendre parler de toi!

Elle détestait toujours ce qu'elle trouvait dans le sac, l'accusant chaque vendredi soir de faire exprès de lui choisir des horreurs, qu'elle lui lançait par la tête. Ms. Waverly admit qu'un ou deux objets avaient échappé à son déchaînement, telles ces pantoufles blanches lavables dont on avait été obligé de couper les élastiques pour qu'elle puisse les enfiler sur ses pieds œdémateux. «Et William, Ms. Waverly, il la laissait seule, j'espère? – Non. Trop bon garçon, comme vous le savez, il ne disait rien et s'est toujours penché pour ramasser le sac.»

William, mon pauvre chéri, pourquoi étais-tu si bon? Nathan, va lui parler un peu et apprends-lui à se tenir droit. Apprends-lui à piétiner les gens qui l'aiment. Montre-lui combien il est facile de rire de la faiblesse des autres. Fais-toi aider par Grace, si tu veux, et apprenez-lui comment étouffer une âme.

Ms. Waverly me parla ensuite des samedis. William apportait la lessive de sa mère pour la lui rendre le lundi soir, le linge immaculé et bien plié. Grace avait cessé de payer pour le service de blanchisserie et exigé que son linge soit lavé et plié à la maison comme elle lui avait montré à le faire.

Yes! Merci, William! Tu as désobéi. Quelle joie! Tu ne lui as jamais avoué avoir acheté des appareils neufs, n'est-ce pas? Tu ne lui as pas dit non plus que Chocolat dormait sur le canapé, c'est sûr. Comme elle aurait été dégoûtée de savoir que tu avais mis les vieux appareils à la cave! Et elle serait certainement morte à la pensée qu'il y avait des poils de chien sur ses meubles.

Ms. Waverly me ramena sur terre en me confiant que Grace méprisait les vieilles personnes. Elle ne pouvait pas les sentir, littéralement, et refusait de porter ses vêtements s'ils avaient pris l'odeur du foyer. «À son âge, c'est plutôt étonnant, non?» Elle détestait les incontinents, les déments, les édentés, les seins tombants et les pénis flasques. Ms. Waverly était encore scandalisée par les propos de Grace. «Je ne sais pas pourquoi je vous raconte ces choses que vous connaissez mieux que moi», conclut-elle. J'en fus heureuse, ne pouvant plus supporter Grace et son fiel.

Être le fils de Grace ressemblait de plus en plus à une calamité et je me demandais comment William avait survécu au désordre de son enfance. Comment, au fait, lui avait-il survécu?

À ce jour, j'avais appris que William n'avait jamais pu photographier sa mère, qu'il n'avait pas pu avoir d'animal, que jamais il n'avait invité d'amis à la maison, encore moins pour dormir, que les tiroirs de sa commode s'ouvraient difficilement, qu'il avait dormi dans un lit étroit et inconfortable dans une chambre dont la fenêtre, cachée sous un escalier extérieur, n'avait jamais vu le soleil, et qu'il avait passé quelques années alité à cause d'un problème cardiaque.

Pauvre William! Bénie soit la photographie, qui t'a permis de cacher ton œil chagrin derrière un objectif.

* * *

La vendeuse du *Lace Body Shop*, situé dans un centre commercial non loin du *Work & Leisure Stationary Store*, était au téléphone, une *Nutribar* dans la main. Elle en prit une bouchée tout en gesticulant pour m'inviter à regarder ses étalages, ce que je fis. Elle mâchouillait sa dernière bouchée lorsqu'elle reposa le combiné. Après avoir ouvert un tiroir pour en sortir un autre supplément alimentaire, elle m'offrit enfin ses services. Lasse de cette recherche sur William, j'allai droit au but en lui disant que ma mère, pensionnaire du *Homy Home*, avait eu une voisine maintenant décédée – Dieu ait son âme! –, dont le fils lui avait offert beaucoup de lingerie achetée dans ce magasin. La vendeuse éclata de rire, laissant paraître ses dents brunes de chocolat. «Comment? Il achetait ça pour sa mère? cria-t-elle. C'est ce qu'il disait, mais je ne l'ai jamais cru. Dans ma tête, il n'y a qu'un amoureux pour être aussi fidèle. Sa mère… Ah! le pauvre! Chaque vendredi à midi quinze, il achetait un petit quelque chose, me laissant toujours choisir. Et le vendredi suivant, à la même heure, il recommençait le même manège, plus souvent qu'autrement après un échange. Comme la politique de la boutique est de ne pas rembourser mais de donner un crédit, il lui arrivait d'utiliser le même crédit pendant des semaines. Heureusement que tous les clients ne sont pas comme lui, parce que les commerces feraient faillite», conclut-elle.

Elle retourna se chercher une troisième tablette, promenant sa langue sur ses incisives sous ses lèvres, et revint en souriant encore, mais je compris que cette fois-là elle souriait du plaisir de manger. «Génial, ces barres. Aucune calorie ou presque.» Elle n'avait certainement pas saisi le principe. Elle avait, sous mes yeux, englouti l'équivalent de trois repas, ce qui expliquait ses rondeurs. «J'ai commencé le régime depuis une semaine et j'ai pris six livres. Ça, madame, ce n'est pas drôle. On m'a expliqué que c'était parce que je me stressais trop, et que je les reperdrais.»

«Je suis certaine que tu vas les perdre, tes livres, mais épargne-moi les détails», lui dis-je intérieurement. «Alors, je mets les bouchées doubles, parce qu'il n'est pas question que je finisse mes jours sans avoir enfilé un de ces petits bodies de dentelle qui montrent l'ombre de la mamelle.» Elle éclata de rire et je l'imitai, convaincue qu'elle devait répéter la rime des «petits bodies de dentelle qui montrent l'ombre de la mamelle» à chacune de ses clientes. Elle enchaîna en me disant que ce monsieur dont je parlais devait être un fils parfait. «Ce n'est pas comme le mien, qui a laissé tomber l'école avant même d'avoir eu un diplôme de *high school*.» Je lui demandai s'il y avait un article que William aurait particulièrement apprécié et elle dit que oui en se dirigeant vers le rayon des pantoufles lavables à la machine. Puis elle revint sur ses pas et désigna un «petit body de dentelle montrant l'ombre de la mamelle». Je ne la crus pas mais je l'achetai pour me faire plaisir, pour lui faire plaisir à elle et pour faire plaisir à William, parce que le body était noir comme mes cheveux, comme son laboratoire, comme ses photographies.

Ce soir-là, j'enfilai des talons aiguilles vernis, relent du passage de Nathan dans ma vie, et passai le body. J'avais fixé au mur, dans un cadre, la photographie agrandie du dos de William. C'est ainsi attifée, ayant presque bâillonné le sentiment de ridicule qui me titillait, que je le défiai de me regarder.

Allez, William, tourne-toi, montre-moi ton visage et regarde-moi.

Je m'installai derrière lui à ma table de travail, où je piochai longuement un texte sans importance que je décidai quand même de présenter à Ms. Waverly comme je le lui avais promis, afin qu'elle comprenne le travail que je faisais.

William remplit son <u>weekend bag</u> des vêtements souillés de sa mère. Depuis qu'on a failli lui enfiler une petite culotte qui n'était pas la sienne, elle a développé une véritable phobie de la buanderie et un grand mépris pour les auxiliaires chargées de trier les vêtements des pensionnaires. «Des débiles.» Elle lui fait promettre de les passer à l'eau de Javel pour les désinfecter et effacer l'odeur des murs de «cet endroit où

199

tu m'as parquée pour me voler ma belle maison et mon beau mobilier de chambre». Elle lui fait jurer de ne jamais porter ses effets à la buanderie et de ne jamais aller à la laverie publique, craignant d'hériter des dernières gouttes de la lessive de gens sales et pouilleux.

William place les effets dans la commode et doit s'y prendre à trois fois avant de parvenir à bien fermer le tiroir, qui lui résiste encore malgré une généreuse application de silicone sur les côtés...

Ms. Waverly lut ma vingtaine de lignes avec empressement et étonnement. Je l'observai avec un trac que je m'expliquais mal, cherchant à décoder ses froncements de sourcils ou ses pincements de lèvres. Puis elle me demanda la permission de le lire une seconde fois, émerveillée, dit-elle, de reconnaître mes sources d'inspiration. Elle posa enfin la page et dodelina de la tête avec un air incrédule. Je fus ravie d'avoir pu regarder une personne me lire, un plaisir que je n'avais jamais pu éprouver avec Michael. «Puis-je commenter?» Sa question me poignarda en plein cœur. Si elle me demandait la permission, c'était certainement pour me dire des choses désagréables. Mr. Wilcox, m'expliqua-t-elle, mettait toujours la lessive dans une taie d'oreiller. Elle ne lui avait jamais connu de *weekend bag*.

Je le savais, William, que tu ne t'étais jamais acheté un sac aussi joli que celui que tu as offert à Paul.

Elle continua en m'expliquant que dans une maison comme le *Homy Home* tous les vêtements portaient le nom de leur usager et qu'il était quasi impossible qu'une pensionnaire se retrouve avec les sous-vêtements d'une autre. «Et si les gens de la buanderie sont débiles, comme vous l'avez écrit, c'est parce que nous participons à un programme de réinsertion sociale. Il faut aider son prochain même s'il n'est pas diplômé.»

Oh! William. Tu viens de me jouer un vilain tour en m'inspirant. J'ai inventé la détestable réplique de ta mère uniquement pour reproduire ses propos ignominieux. Je n'ai jamais entendu une bonne parole à son sujet. Mais si j'avais su qu'il y avait effectivement des demeurés à l'emploi du home, j'aurais écrit «sous-fifres».

«De quelle odeur parlez-vous?» Ma foi, elle avait perdu l'odorat. Le home dégageait toujours cette odeur collante d'excréments et de médicaments. Tout l'établissement en était imprégné comme les pouponnières sont imprégnées d'odeurs similaires mais passagères, volatiles comme les parfums des nouvelles vies. «Vous n'êtes pas sans ignorer que les vêtements des pensionnaires sont tous désinfectés.» Mais qu'est-ce qui lui prenait? Ms. Waverly m'avait demandé de lire un texte pour comprendre le processus créateur et elle se défendait comme si elle avait été victime de l'Inquisition. «Et c'est quand même nous qui avons acheté le silicone que Mr. Wilcox nous a gentiment offert d'appliquer. Parce que Mr. Wilcox était d'une patience exemplaire.»

William, avais-tu vraiment appliqué du silicone sur le tiroir? Je ne saurais me passer de toi comme muse, William, mais était-il vraiment nécessaire que tu t'occupes de détails aussi insignifiants?

«Quant à Mrs. Wilcox, vous l'avez mal-dépeinte.» Pas étonnant puisque je ne l'ai jamais connue. «Elle tenait son fils responsable de tout, voyez-vous, et geignait sans arrêt, le blâmant pour la moindre boursouflure apparue sur son visage ou pour la plus petite faiblesse, comprenez-vous? Elle était extrêmement difficile à vivre, beaucoup plus que vous ne le laissez entendre. Il aurait peut-être fallu que vous la fassiez moins passive. Vous permettez?»

Le désignant d'un doigt accusateur, elle lui fait promettre de les javelliser pour être certaine qu'ils seront désinfectés. Elle lui demande même d'installer des serrures aux tiroirs, se méfiant de toutes ces vieilles personnes édentées, échevelées, égarées, qui errent sur les étages. Elle se met à pleurer et lui répète pour la millième fois qu'elle n'a rien fait pour mériter un fils aussi laid et ingrat qui a manigancé pour l'évincer et supprimer tous ses droits.

Ce que j'en pensais? Sous l'effet du choc, j'en pensais que Ms. Waverly n'aimait peut-être pas les vieilles personnes autant qu'elle voulait le faire croire. C'était bien elle qui avait parlé de gens édentés, échevelés, égarés et errants. Du coup, cela m'avait rappelé un texte de Victor Hugo qui avait affublé les gens «chauves» de mots aussi charmants que «édentés, hideux, grigous», mais Hugo n'avait pas travaillé avec de fragiles vieillards chauves et hideux. Il avait travaillé avec sa plume. Je regardai Ms. Waverly et retrouvai immédiatement toute sa gentillesse. Non, ce n'était pas elle qui avait parlé, mais elle avait utilisé les mots de Grace, le ton méprisant de Grace.

N'est-ce pas, William, que c'étaient les mots que ta mère disait, que dis-je, criait à la tête des gens?

Confuse et sentant mon embarras, Ms. Waverly me remit le texte en m'avouant avoir toujours rêvé d'écrire. J'éclatai de rire, ravie de savoir que mon imagination avait fait mouche sur la cible qu'était devenue la vie de William. «Vous ne pouvez pas comprendre, Ms. Waverly. Je savais qu'il n'avait jamais eu de *weekend bag.* Je savais qu'il avait appliqué du silicone sur le tiroir. Je savais que sa mère traitait les gens de débiles.» Hésitant quelques secondes quant à l'attitude à prendre, Ms. Waverly m'emboîta finalement le pas et nous avons hurlé toutes les deux en amplifiant la méchanceté de Grace. Oubliant tout savoir-vivre, toute politesse et toute élégance, nous cherchâmes pendant plusieurs minutes les mots les plus méchants, les plus méprisants, pour en couronner Grace. Ms. Waverly se défoula de plusieurs mois de patience et moi de ma déception quant au crash de Grace la gracieuse. «Vache! – Pouffiasse! – Cochonne! – Sorcière! – Crapaude! – Pétasse! – Dinde! – Bourreau! – Mule! – Démone! – Chienne!»

Le jeu de la méchanceté s'interrompit au mot «chienne». Ms. Waverly tenait le summum de la vilenie dans la ménagerie et je fus incapable de renchérir. William avait-il aimé sa mère parce qu'elle était une chienne ou avait-il aimé les chiens parce qu'ils lui rappelaient sa mère? Quel généreux et étonnant enfant il avait dû être! Ms. Waverly réussit à se ressaisir et je lui promis que cette folie passagère demeurerait à jamais un secret entre elle et moi. «Secret pour secret, me répondit-elle, visiblement mal à l'aise, avez-vous eu des nouvelles du bébé?»

*　*　*

Mon beau William, tu n'avais cessé de me crever les yeux avec ton cliché clair et explicite. Pourquoi n'étais-je pas partie immédiatement à la recherche de cette maudite clinique d'obstétrique?

Je me retrouvai devant, penaude, ne sachant comment m'y prendre pour expliquer que je recherchais la mère d'un enfant, fille ou garçon, dont le nom était peut-être Wilcox. J'avais mis du temps à comprendre cette nouvelle information. William était venu au chevet de Grace avec une femme enceinte. Ms. Waverly ne savait si c'était sa fiancée ou son épouse, mais elle m'avait juré qu'il y avait là un lien assez fort pour que William daigne lever un voile sur sa vie privée, au grand étonnement du personnel du home, certes, mais au plus grand étonnement encore de Grace qui, paralysée et aphone des suites de son accident cérébro-vasculaire, en avait pleuré les dernières larmes produites par son corps atrophié. Elle avait tant grimacé que Ms. Waverly avait eu du mal à distinguer la grimace causée par sa paralysie faciale de celle causée par son dégoût. «Je vous le jure, même le masque de sa maladie ne pouvait cacher un profond dédain.»

Je ne pus résister et, ébranlée, j'allai retrouver Paul, qui semblait se retenir de me dire : «Ah! ah! ah! je ne suis pas étonné de te revoir. Tu me crois maintenant?» Jamais William n'avait parlé de fréquentations et Paul ne pouvait l'imaginer étendu près d'une femme, encore moins sur elle.

Dis-moi, William, tu n'as pas froid, au moins? Comment? Évidemment que j'essaie de détourner ton attention. Paul aime toujours t'épingler comme si tu n'étais qu'un papillon.

Il conclut en pérorant que si je l'avais connu je n'aurais jamais osé poser une telle question, tant elle m'aurait semblé ridicule. «Peut-être, lui répondis-je faiblement, mais William aurait néanmoins eu femme et enfant.» Paul laissa sa mandibule flotter quelques instants avant de répliquer que je faisais certainement erreur. Puis, fort de sa conviction et certain de pouvoir être le picador de mon âme, il décréta que cette femelle devait «avoir le teint mat, les cheveux et les yeux noisette, aimer courir, sauter et nager, le précéder ou le suivre fidèlement, selon ses caprices, le mordiller ou japper quand il ne faisait pas ses quatre volontés».

Tu me purges, Paul. Ta pique m'a atteinte et il est vrai que je suis affaiblie.

Michael, lui, rigola à la seule idée que William ait pu avoir une amie, me rappelant comment il n'avait su le consoler au réveillon, ignorant, avait-il dit, tout de ces peines. C'était la première fois que Michael ternissait le souvenir de William et j'en fus si chagrinée que je le quittai en faisant des efforts pour ne pas le traiter d'imbécile comme lui-même l'avait fait de William qui, pour tout mal, l'avait invité à dormir chez lui.

J'étais lasse et subitement écœurée de farfouiller dans le passé de William. Mon désir d'enluminer ce qui m'apparaissait de plus en plus comme une vie noir et blanc, une vie uniforme et sans dentelles, était de plus en plus irrationnel. Peut-être que Wilcox m'en aurait voulu de l'exposer ainsi. Mais le petit William ne cessait de me ramener devant ses clichés et le grand William était toujours à mes côtés dès que je m'étendais dans de longues apostrophes qui ressemblaient de plus en plus à des affirmations qu'à des interrogatoires.

Je sais, William, que tu te caches quelque part. Je le sais. J'ai le sentiment que tu t'accroches à ma main pour m'accompagner, me diriger ou me suivre. Pourquoi tiens-tu, comprimé sur ma bouche, un bâillon qui empêche les mots de dire mes pensées? Pourquoi?

La réceptionniste de la clinique m'accueillit en me demandant mon numéro d'assurance maladie avant même de me dire bonjour. Je déteste ces gens-relais qui ont oublié la raison de leur existence. Je lui lançai un bonjour tout sourire, question de la désarmer, mais aussi de m'en faire une alliée. Elle hésita quelques instants, me reprit en disant que nous étions le soir, puis attendit que je lui tende ma carte, ce que je ne fis pas. Je lui expliquai que j'avais besoin d'elle pour retrouver une femme qui aurait accouché aux environs de Noël – en cela, je me fiais aux observations de Ms. Waverly – et dont l'enfant s'appelait peut-être Wilcox. Elle me répondit que, si l'enfant avait été donné en adoption, elle ne pouvait rien me révéler.

Je m'entêtai à lui dire que non, même s'il était vrai qu'il était orphelin de père. Je n'obtins finalement qu'une rencontre avec l'obstétricien, qui m'écouta pendant cinq minutes, le temps que sa cliente suivante se dévêtisse et s'allonge, la fesse timide, lui offrant la grotte de son mont de Vénus.

Je savais que j'avais l'air folle et que mon histoire était difficile à comprendre. Mais ce médecin qui m'écouta distraitement en fouillant dans ses papiers m'offrit sans ambages une place dans la salle d'attente, où je pouvais rester aussi longtemps que je le désirais, à condition, évidemment, de ne pas importuner ses clientes. Il me suggéra cependant de m'informer auprès de son collègue pédiatre, certain qu'un bébé de moins de un an devait y passer tous les trois mois. Le ton qu'il avait utilisé dénotait un tel mépris que je demeurai sans voix. Quelle verte façon de me clouer à une chaise!

Je décolérai en me payant une frite grasse à souhait, y piquant ma fourchette comme si c'eût été une poupée vaudou baptisée du nom du médecin. Après l'avoir bien estropiée et mastiquée, je retournai à la clinique, pris en note les heures de bureau du pédiatre et repartis en informant joyeusement la réceptionniste qu'elle me reverrait souvent. J'y revins le lendemain, un livre épais dans les mains, et ne repartis que lorsque le pédiatre eut quitté son bureau.

J'allai m'asseoir dans cette salle d'attente pendant tellement d'heures que je finis par faire partie des meubles et que j'eus le temps de lire assez de romans pour en confondre les histoires. Je vis aussi disparaître les bottes de pluie, troquées contre des bottes fourrées. Je vis quelques femmes enceintes revenir en jeunes mères, le ventre dégarni et l'œdème du visage résorbé. Je cherchai et cherchai celle qui m'intéressait, en flattant le narcissisme de toutes celles qui, pour leur malheur, s'assoyaient près de moi. «Beau bébé, disais-je, le plus beau que j'aie vu, mentais-je. Et le papa?» Le papa était toujours fier, présent, pâmé. Pas de papa William, photographe et décédé.

Et puis, un jour, elle entra. C'était elle, j'en étais certaine. Paul le picador venait de me piquer une deuxième fois. La femme, incarnation de la vulgarité, mâchait un chewing-gum en tenant son bébé comme un sac de pommes de terre. Elle était devant moi et elle aurait tué de désespoir n'importe quelle belle-mère, même Grace, dont le plus récurrent des reproches aurait été que William l'avait volontairement privée de descendance.

La salle d'attente était désespérément pleine, le pédiatre ayant été retardé par une urgence et l'obstétricien par un accouchement. J'attirai le regard de la dernière arrivée et me levai pour lui offrir mon siège. Elle me remercia en parlant assez fort pour être entendue de tous, avant de se laisser choir sur la chaise, le petit braillard au flanc. Je maudis Paul en voyant ses cheveux et ses yeux noisette, son allure sportive, sa peau mate. Il m'avait décrit une chienne labrador chocolat et je la retrouvais sous les traits d'une femme qui m'aboyait ses remerciements.

William, dis-moi que cette ressemblance n'est que coïncidence. Dis-moi, William, que ce n'est pas elle.

Puis je regardai le bébé. Une sale tête de bébé que je n'eus point envie de câliner, encore moins de bercer. «Quel bel enfant!

m'exclamai-je. Comment s'appelle-t-il?
– Elle, me répondit la femme labrador.
C'est une fille et elle s'appelle Grace.»

*Au secours, William! Tire-moi de cette
merde! Parle-moi de ta douceur et de ta
constante recherche de beauté. Tu es un artiste,
William, et tu ne peux avoir souhaité reproduire une telle caricature. Confirme-moi
qu'il y a erreur sur la personne. Mais surtout,
mon bel amour, assure-moi que l'erreur c'est
elle et non toi.*

William accourut pour m'aider, et, lorsque
je sortis de la clinique au même moment
qu'elle, il tombait des cordes et nous
restâmes debout dans le hall à attendre que
la pluie cesse. Je l'invitai à prendre un café
à la cafétéria du personnel, située au
rez-de-chaussée, et elle m'y suivit sans poser
de questions. Tout en elle m'irritait. Sa façon
de flanquer l'enfant sur sa cuisse, sans
égards. Sa trop longue langue qu'elle posait
sur la tasse avant d'y boire. Ses ongles au
vernis écaillé. Son tic qui lui plissait le nez
à deux reprises avant qu'elle n'écarquille les
yeux. Tout.

Dis-moi, William, ce que tu lui trouvais.

Je décidai de plonger la tête la première dans l'univers du mensonge. J'avais perdu, lui racontai-je, une tante qui était pensionnaire au *Homy Home*, tout près. Aussitôt que j'eus prononcé le nom de l'établissement, elle plissa le nez à répétition et écarquilla les yeux, mais j'y vis surtout de l'agacement.

William l'attend depuis trois jours et quatre heures. La voilà qui apparaît et se dirige vers lui de son pas lourd de femme enceinte. Sa toison épaisse et noisette est retenue sur la nuque par une barrette. Dès qu'elle est à sa hauteur, il sourit de voir que ses yeux aussi sont de couleur noisette. Son teint mat cache mal sa lassitude et il lui ouvre la porte avec empressement. William respire trois fois, et trois fois son souffle reste coïncé sous sa pomme d'Adam. D'une voix éteinte, il la prie de lui accorder quelques minutes de son temps. Elle le regarde d'un air incrédule et lui reproche ce qu'elle prend pour un fantasme sexuel, croyant qu'il veut acheter ses faveurs, qui ne sont pas à vendre. Elle le sermonne copieusement, et, pour toute réplique,

William baisse la tête pour cacher son regard.

Elle s'engouffre dans le hall de la clinique, et William se mordille les lèvres. Jamais de sa vie il n'a abordé une femme. Jamais non plus il n'a essuyé de refus. Seule sa mère lui avait dit non avant même qu'il n'ait formulé sa demande.

Il pénètre dans la cafétéria du personnel, commande un café et prend place à une table d'où il peut observer le va-et-vient du hall.

De tristes feuilles desséchées volent sur la pierre de William. J'ai terriblement mal à son âme. Le petit, le jeune et le grand William crient la détresse de s'être retrouvés orphelins sans avoir réussi, ne fût-ce qu'une fois, à plaire à Grace. Je me suis assise près de lui, la main gantée posée sur la pierre, que je polis sans arrêt pour le caresser et le réchauffer.

Tu dois geler, William. Pauvre enfant! Je te raconte ce que j'ai compris et dis-moi si j'erre ou si je viens de cerner un morceau de l'immensité du gouffre qu'il y a entre ta mère et toi, entre la vie et toi.

La journée était sombre et tu as passé des heures devant la porte de la clinique d'obstétrique dans l'espoir de trouver une femme qui aurait ressemblé à cette personne inventée que tu avais décrite à ta mère pour lui remonter le moral. Selon Ms. Waverly, tu lui aurais dit, et pardonne à Paul de l'avoir imaginé, fréquenter quelqu'un qui était tout ton contraire. Tu lui as dépeint une femme ni trop grande ni trop courte. Une femme sportive qui aimait marcher, courir et nager. Une personne qui préférait l'extérieur à l'intérieur, contrairement à toi qui chérissais la solitude de ta chambre noire. C'est à ce moment que tu as fait la rencontre de Nancy, copie conforme de la femme imaginée, et enceinte de sept mois. Une grossesse ronde et lourde. Elle me raconte que tu l'as invitée au restaurant pour prendre un café, exactement comme je l'ai fait. Toi et moi, William, nous avons choisi la même table. N'est-ce pas extraordinaire? Tu lui as alors parlé de Grace qui agonisait au Homy Home, *lui demandant une heure de sa vie pour égayer celle de ta mère. Tu lui as offert, William, trois cents dollars pour qu'elle devienne, le temps d'une visite, ta conjointe, la mère de ton enfant. Trois cents* dollars! Vous êtes entrés dans la chambre et Grace a regardé Nancy comme si elle avait été une extraterrestre. Ô mon William, ta mère n'a certainement pas été dupe. Une femme qui a porté une jolie robe de velours ne pouvait apprécier la vulgarité de Nancy. Tu devais être terriblement désespéré pour la tenir par le bras comme si tu l'avais conduite devant l'autel, cherchant la bénédiction de ta mère. Tu dois te souvenir de l'esclandre qu'a fait Nancy quand elle a appris que le nom de ta mère était Grace. De la chambre à la sortie du Homy Home, elle t'a enguirlandé pour lui avoir caché ce détail, exigeant cinq cents dollars au lieu des trois cents que vous aviez négociés. Grace est le prénom de sa fille, mais Nancy m'a répété qu'elle avait failli ne pas le lui donner, appréhendant de revoir le visage crochu de ta mère au lieu de celui de Grace Kelly, dont elle s'était inspirée. Mon pauvre William, as-tu souffert lorsqu'elle a crié à qui voulait l'entendre que ta mère était laide? Une horrible sorcière à la chevelure hirsute et à l'œil chassieux. Je t'avoue, William, ne pas aimer ta mère, mais j'ai néanmoins été blessée d'entendre Nancy me la décrire avec des mots que je n'aurais jamais osé prononcer. Elle m'a répété

au moins cinq fois que jamais ta mère n'avait
semblé heureuse de faire sa connaissance, t'asper-
geant plutôt d'un regard rempli de haine et de
mépris. Pour qui, le mépris? Pour qui, la haine?
Et dire que tu voulais la rendre heureuse en lui
présentant son immortalité!

Je sortis une petite pelle à jardinage de mon sac, regardai autour de moi et, ne voyant personne, creusai un trou assez grand pour y enfouir la robe de velours au col de dentelle jaunie. Je n'avais pas eu le courage de la jeter aux ordures. J'avais songé à la remettre au home afin que les pensionnaires puisse l'utiliser pour les mascarades ou la fête de l'*Hallowe'en*, mais William m'en avait em-pêchée. Je couchai la robe en faisant des efforts pour ne pas la froisser, puis je la fis disparaître.

* * *

Mon éditeur me convoqua pour m'an-noncer, me promit-il, une extraordinaire nouvelle. M'étant présentée au rendez-vous quelques minutes avant l'heure fixée, je re-gardai sur les présentoirs la place réservée à

Mimi et Bibi. Elles étaient toujours là, et leurs yeux, ceux de Mimi énormes derrière ses lunettes, semblaient plaider leur retour à la vie active. Les dessins me firent sourire, mais je n'avais nulle envie de retrouver leur univers lilliputien et besogneux. Je m'assis dans le bureau, anticipant déjà la bonne nouvelle, qui ne pouvait être que la mise en route du livre sur les labradors. Ah! que Michael allait être heureux! Quant à moi, je ne savais pas quoi penser. Je ramais sur cette galère depuis tant de temps que j'en avais oublié la destination. Cette fois-ci, mon éditeur m'annoncerait certainement son désir de connaître mon opinion. Il était debout et se frottait les mains. Son sourire avait quelque chose de factice, comme s'il cherchait à m'apprivoiser. Il commença enfin à parler et m'apprit qu'après avoir consulté vétérinaires et peintres animaliers – oh! étrange pour un homme qui n'en a toujours fait qu'à sa tête – il avait décidé de publier les photos de chiens de William! Il me demanda de les lui apporter toutes, pour que son équipe de graphistes puisse, avec ma collaboration, bien entendu, en sélectionner une vingtaine! Vingt sur plus de mille quatre cents! J'en fus si offusquée que je sortis du bureau sans dire merci ni au revoir. William méritait mieux.

Le sacripant me rattrapa avant que je quitte l'édifice, me tira par le bras jusqu'à son bureau sans cesser de parler et me força à me rasseoir. Il voulait que j'écrive les aventures de Chocolat! Plusieurs clichés seraient utilisés pour les illustrations en jouant avec un vrai chien dans un environnement imaginaire! Génial, non? Du vrai Disney! Il ferait des jouets Chocolat, des peluches Chocolat, des cahiers à colorier Chocolat, des os et des niches pour Chocolat. Chocolat deviendrait une célébrité. Et je pourrais écrire ses aventures, qui me sortiraient enfin le nez de la terre. *Chocolat au parc. Chocolat chien-guide à l'école. Chocolat à l'épicerie. Chocolat à l'hôpital. Chocolat chez le vétérinaire. Chocolat au concert. Chocolat et le chat…* Le cousin de Milou, pardi! Et pourquoi pas *Chocolat rencontre Mimi et Bibi*? O.K., j'avais compris le principe.

Pauvre William! On veut mettre ton chien sous les projecteurs, faire de lui un toutou populaire, un Lassie de papier. Au secours!

Mimi, Bibi, m'avez-vous vue me faire prendre au piège? Nathan, cesse de rire. Étouffe!

Michael mit un temps fou à répondre à la porte et j'entendis tinter la boucle de sa ceinture. Je ne l'avais pas prévenu de ma visite, ayant mis plusieurs heures à avaler l'offre de mon éditeur. Quant à la digestion, elle n'allait jamais commencer.

Michael ouvrit et m'invita à entrer sans même demander qui était à la porte. Alors que je m'en étonnais, il me répondit – Michael est vraiment un génie des sens – que je portais toujours le même parfum et qu'il commençait à en avoir marre de m'entendre m'ébaudir chaque fois qu'il faisait un pas. Il m'apprit de surcroît que j'incarnais tout ce qu'il détestait : l'admiration béate et la condescendance à la limite de la pitié. J'avais, comme toutes les autres, l'émotivité encombrée de bons sentiments. Toutes les femmes qu'il avait rencontrées l'avaient porté aux nues mais aucune ne l'avait aimé, comme celle – «la pire, qui a eu le culot de faire l'amour en pleurant parce qu'elle me quittait pour chercher mieux!» – qui avait franchi le matin même le seuil de son cœur sans se retourner. Ce n'est qu'à ce moment que je le vis se heurter aux murs et que je compris qu'il était ivre. Michael ivre. Comme il l'avait été le soir de la Saint-Sylvestre.

William, le reconnais-tu? A-t-il été aussi pisse-froid avec toi qu'il l'est avec moi?

Michael appela Chocolat et se dirigea vers le salon, où il s'étendit sur le canapé, une chaussette trouée au pied, la ceinture non bouclée et la braguette ouverte. J'aurais aimé l'aimer, mais des deux amis c'est William qui m'avait ravie. Il eût été romanesque de m'enticher de ce bel aveugle en mal d'amour, mais j'avais choisi le veuvage à l'absence d'existence à laquelle la cécité de Michael m'aurait de toute façon condamnée. Être aimée sans être vue. Être aimée dans le néant. N'être qu'un sourire inutile, un relief chaud, moelleux et parfumé, sans couleur. Condamnée à perpétuité à l'angoisse du heurt, de la chute, de l'accident, de la brûlure. Prisonnière de la générosité alors que le temps avait fait de moi une double veuve qui voulait se réfugier dans la ouate du souvenir. Tout splendide que fût Michael, je n'en comprenais pas moins les femmes qui lui avaient refusé leur avenir, leur vie. Vache! J'étais une vache innommable, mais j'avais le droit de penser et de me taire. Si son amitié m'était acquise et très chère, je redoutais qu'il s'amourache de moi par désespoir, aussi le laissai-je longtemps étendu seul dans son obscurité avant de me résoudre à lui tenir la main. Il me demanda pâteusement de lui décapsuler une bière et je le fis pour l'aider à noyer son mal, qui faisait quand même peine à voir.

Je demeurai assise longtemps à caresser sa main qu'il avait abandonnée dans la mienne, même si j'en avais marre, marre, marre de le voir prostré devant la vie. Sa peine aveugle me torturait plus que je ne l'aurais souhaité et je pensai qu'une belle amitié pouvait être aussi douloureuse que des amours avortées. Je ne saurais jamais interpréter ses larmes. Force, faiblesse, abnégation…

Rompant le silence, je lui parlai doucement de la proposition tarabiscotée de mon éditeur, et il éclata de rire à en pleurer, m'entraînant dans sa crue. Nous avons tous les deux refusé de voir les beaux chiens de William se perdre dans des arcs-en-ciel rose bonbon et rouge pompier.

Michael me demanda une nouvelle boîte de kleenex, que j'allai chercher dans un des tiroirs du bahut. Je la sortis et découvris dessous une magnifique photographie de mon ami assis sur un banc dans un parc, Chocolat à ses côtés. La tête de Michael ressemblait à celle d'une statue de plâtre à l'œil sans iris alors que les yeux du chien luisaient effrontément comme un pare-chocs chromé. Je m'extasiai et Michael me dit que cette photo lui avait été remise par William le jour où, il l'avait compris plus tard, il lui avait aussi offert son amitié. Je m'assis sur le fauteuil, le cliché à la main, et je lui mentionnai son regard vide et celui du chien. Pour tout commentaire, il me dit que William l'avait volontairement aveuglé davantage et avait retouché les yeux de Chocolat. Je demeurai sans voix. Je tenais dans mes mains le premier visage humain tel que vu par William Wilcox.

Explique-moi mon aveuglement, William. Dis-moi ce qui m'a empêchée de voir l'absence de gens sur tes milliers de photographies. Est-ce

parce qu'ils te méprisaient? Où sont ta jeune
mère, et tes professeurs, et tes amis, et tes voisins?

Je demandai à Michael s'il m'avait caché
une chemise et il nia en me priant d'ouvrir le
second tiroir, où je trouvai une photographie
de Grace dans son cercueil et un portrait
encadré d'un Afro-Américain, vêtu de pied en
cap de sacs à ordures foncés, sous une pluie
cruelle. Avant que je n'aie eu le temps de
l'interroger, Michael me dit que ces trois
clichés étaient les seuls portraits de personnages qu'ait faits William, et encore l'un
d'eux n'était-il plus qu'un cadavre. Je lui demandai pourquoi il m'avait caché ces œuvres
et il admit qu'il l'avait fait sciemment, certain
que j'allais moi-même en remarquer l'absence.

Non! Je n'ai rien vu! Rien vu. Et pourtant il
y avait sur le mur de ma chambre un poster du
dos de William. Rien vu. Rien pensé. Rien
compris. Je suis un génie de la bêtise. William,
que ne t'es-tu retourné pour me narguer de ton
regard?

Michael s'assoupit, abandonné sur le canapé, l'iris nerveux sous sa paupière gonflée
et fatiguée. Je passai des heures à tripoter ces
trois têtes, et si je fus émue par la criante

solitude de Michael que William avait am-
plifiée ainsi que par la détresse de l'Afro-
Américain que la pluie rendait gluant comme
un personnage de Stephen King, je demeurai
froide devant le corps de Grace.

Je sortis avec Chocolat, qui eut l'air étonné
par l'absence du harnais, et le laissai me guider
dans sa promenade, curieuse de connaître la
routine de Michael. Je ne fus pas surprise de
me retrouver dans Meadow Street, devant la
maison de William. Je m'y arrêtai longuement, laissant à Chocolat le temps de renifler,
de pisser, de renifler encore, de couiner. Une
lampe éclairait le salon et je vis, à l'abat-jour,
que les nouveaux propriétaires tentaient de
redonner de sa fierté victorienne à la pièce.
Chocolat me mena ensuite derrière la maison
et j'y reconnus le lustre de la salle à manger.
Les occupants l'avaient certainement acheté à
l'encan auquel j'avais moi-même assisté. Un
lourd rideau était tendu devant la fenêtre de
la chambre à coucher et je souris à la pensée
que je leur avais probablement raflé le lit.
Chocolat allait continuer sa promenade, mais
je l'en retins et revins à la porte principale,
où, happée par mon envie d'être avec William

quelques instants, je sonnai sans vergogne. Chocolat se mit à frétiller de plus belle, promenant son museau entre la poignée et le bas de la porte, prêt à sauter sur son maître. Qu'avais-je fait?

Au secours, William! Viens le voir, viens le caresser! Il ne comprendra pas ton absence.

Les propriétaires entrebâillèrent la porte et Chocolat fonça comme une bête affamée sentant la pâtée. Il les bouscula et fila à la cuisine, y chercha ses plats, courut à la salle à manger et au salon, où il s'étonna de l'absence du canapé et du fauteuil en reniflant désespérément le sol. «Ici, Chocolat. Ici tout de suite.» Il entra ensuite dans la chambre noire, qui avait trouvé la nouvelle vocation de pièce de travail, puis dans la grande chambre, où il s'immobilisa, médusé, visiblement fatigué de sa course. La gorge nouée, je l'avais suivi, tentant vainement de reprendre la laisse pour l'empêcher de circuler. «Excusez-nous… Je suis désolée… Je n'aurais pas dû…»

William, tu manques à ton chien. Il ne t'a pas oublié. Vois comme il sait tout de cette maison. Penses-tu qu'il reconnaît, malgré la peinture fraîche, l'odeur de tes acides et de ton after-shave?

Les propriétaires, outrés – «Voulez-vous bien nous dire?… Mais qu'est-ce… enfin…» –, menacèrent d'appeler la police. Je leur répondis que j'étais une proche amie des Wilcox, les gens qui avaient habité ce logement avant eux, les priai de me pardonner mon coup de nostalgie et leur présentai Chocolat, qui s'était calmé et me regardait de ses yeux tristes à mourir. Ils me toisèrent et hésitèrent quelques instants avant de céder à leur curiosité et de me demander de leur décrire à quoi avait ressemblé le logement, ce que je fis, n'omettant aucun détail, ni la couleur des rideaux, ni la propreté de la salle de bains, ni le vieux réfrigérateur et la vieille machine à laver à rouleaux du sous-sol. Le vernis des portes des armoires de la cuisine était écaillé et le plancher recouvert d'un épais linoléum, usé jusqu'à la corde devant l'évier, la cuisinière et le réfrigérateur tout neuf. Les assiettes avaient de petites fleurs jaune délavé et elles avaient déjà été cerclées d'une ligne dorée. Le plat à vaisselle était en émail beige avec des taches noires. On avait teint le chêne du mobilier de la salle à manger presque noir, comme cela se faisait à l'époque…

Je leur répétai la description que j'avais faite à Michael. Je parlai de la minuscule chambre sans soleil de mon petit William malade, que je leur dépeignis sous les traits de cet enfant rencontré à l'hôpital. Je parlai aussi de la chambre noire que mon grand William s'était offerte pour se consoler du départ de sa mère. Ils m'offrirent un café et permirent à Chocolat de boire dans les toilettes. Nous nous quittâmes sur une cordiale poignée de main. Seul Chocolat semblait accablé et j'espérai qu'il oublierait cette macabre visite que je lui avais imposée sans réfléchir.

Le soir était tombé quand je revins chez Michael, qui me jappa après tant mon absence l'avait inquiété. Il faisait toujours peine à voir, le rejet de son amante le torturant encore. Je pris bien garde de lui parler de ma visite au 4664, Meadow Street, craignant de rouvrir une autre plaie encore vive. Il avait rangé les trois photos dans le tiroir et je les lui redemandai, ce qui déclencha chez lui une grosse colère durant laquelle il m'accusa d'inconscience — il n'avait pas tort —, d'indifférence pour sa vie à lui — ça, c'était un peu fort —, et de malhonnêteté intellectuelle doublée de déséquilibre moral quant à ma relation avec un homme que je n'avais jamais rencontré, qui était peut-être niais, peut-être malin, peut-être beau, peut-être laid, peut-être bon, peut-être con. C'était trop fort. William était notre ami et je le lui répétai cent mille fois. «Mon ami, pas le tien», s'entêtait-il à dire, me giflant le cœur chaque fois. J'allai au bahut pour y prendre les photos, qu'il m'aurait arrachées des mains s'il l'avait pu. Je les enfouis dans mon sac et je rentrai chez moi, blessée au plus profond de cette amitié. Michael avait été odieux de me reprocher mon attachement à William. Odieux! Pour m'en consoler, je décidai de m'amuser avec les mots.

Je voudrais me glisser sous la pierre tombale,
Dans les ténèbres glauques de la nuit brumale.
Malgré l'obscurité, j'y aperçois Nathan,
J'y reconnais William, terré là au printemps.
Prends mon être, enfouis-le bien au chaud sous ton aile.
Suis-je la femme élue, ton unique éternelle?
Que ne puis-je choisir mon mari chez les morts?
Pénétrer là afin d'éteindre mon remords?
Mon chérubin martyr, douloureuse misère,
Je te porte à mon doigt comme une chevalière.

Je me mis au lit après avoir caressé Labradorable et placé son cadre sous l'oreiller préalablement aspergé de lotion *Old Spice* pour que je puisse poser mon nez embarrassé dans le cou de William. Il était présent à tous les détours de ma vie et pourtant je l'aurais croisé dans la rue que je ne l'aurais jamais reconnu. Je nageais dans le ridicule du matin au soir et je devais me décider à l'abandonner puisque le livre était destiné à des cartons qui traîneraient au fond de mon placard sous mes pantoufles et mes chaussures. S'il était vrai que je voulais le raconter, que j'avais en main presque tous les morceaux de son histoire, il me manquait, lui. Je remplis mes insomnies en dressant une espèce d'inventaire de ce que je savais de William. Je connaissais son enfance et son décor. Je connaissais son école. J'avais été mise au courant de sa maladie. J'avais vu son lieu de travail, son patron et ses collègues. J'avais visité sa maison, sa chambre noire et sa chambre à coucher. Je dormais dans son lit et je pouvais promener son chien. Je connaissais tous les parcs où il avait marché. J'avais travaillé au *Homy Home*, où j'avais appris à détester sa mère. J'avais fait du shopping là où il était allé. Plus je le connaissais, plus je l'aimais, et plus sa voix et sa démarche me manquaient, même si son dos et ses oreilles un tantinet décollées m'étaient familiers. J'avais envie de son regard, une envie maladive d'un œil coquin ou sensuel, mais d'un œil qui m'aurait appréciée. William m'avait offert tout ce qu'il avait aimé regarder, mais j'étais arrivée trop tard.

William, tu m'entends? Aimes-tu les femmes qui ont l'œil apeuré? Aimes-tu celles que leurs amours ont mutilées? Ah! approche-toi que je hume à plein nez ta bonne odeur du matin, celle qui fleure l'eau fraîche et le parfum. William, regarde-moi. Je veux bien médire si tu me promets de te retourner dans ta tombe.

Je fus bientôt tirée de mon sommeil fragile par des bruits de sonnette qui n'en finissaient plus de déchirer le silence tant attendu de ma nuit. J'enfilai mes chaussons et allai répondre. Les coups de sonnette n'étaient qu'un faible écho des coups de poing portés dans la fenêtre. J'ouvris à Michael, qui se tenait devant moi, l'œil noir et fou, apeurant. Il entra sans compter ses pas, son cerveau ayant déjà mémorisé mon environnement, tandis que j'allumais pour y voir. Il se laissa tomber dans le fauteuil, le museau de Chocolat sur ses cuisses, et m'annonça d'une voix d'outre-tombe qu'il était responsable de la mort de William. Son âme n'était plus qu'une énorme fistule d'où s'écoulaient larmes, salive et mucus.

Pauvre Michael, que dis-tu là? Au secours! Une furie aveugle vient d'entrer chez moi. William!

* * *

Le matin se leva péniblement, le soleil timide n'osant se déployer tant les nuages lui faisaient obstruction. Les chagrins d'amour que j'avais connus à Michael étaient une fête d'enfants en comparaison de ce *Libera* chanté pour l'âme de William. Assommée par sa révélation, je l'écoutai avec toute l'attention dont il avait besoin. J'appris donc que William et lui avaient été rapidement de proches amis même si William n'avait jamais su s'exprimer autrement que par ses photographies.

Quel ironique paradoxe, William!

Il n'avait jamais parlé de sa mère, sauf lorsque celle-ci était décédée. Tout ce que

Michael avait su, ce qu'il m'avait déjà fait comprendre, c'est que la mère avait toujours refusé au fils de le laisser la photographier.

William se cache derrière l'arbre depuis longtemps, lui semble-t-il, et, tel un prédateur, il attend l'arrivée de sa mère, partie acheter du saucisson. Depuis son douzième anniversaire, il a décidé qu'il avait assez d'expérience pour faire d'elle un joli portrait dont elle n'aurait jamais honte. Mieux, un portrait tel qu'elle accepterait de le montrer à ces dames qui boivent le thé l'après-midi dans ses jolies tasses de porcelaine.

Des bruits de talons annoncent son arrivée imminente et William place l'œil sur le viseur, semblable à un chasseur qui mire sa proie. Puis elle est là devant lui, ignorant qu'elle est la cible de son fils, qui, dès qu'elle est à sa portée, sort de sa cachette, fait un rapide cliché et, indifférent à la pluie d'invectives dont elle l'arrose, court se cacher en riant à l'avance du plaisir qu'elle aura à se voir aussi belle. C'est sans méfiance qu'il rentre à la maison, où l'attend Grace, qui, tapie à son tour derrière le mur du salon, lui arrache l'appareil photo qu'il porte encore en bandoulière telle une musette de chasseur. Elle le tire si fort que William étouffe, essayant de retenir son butin d'une main de plus en plus faible. Il crie « maman » en gargouillant, se tenant la gorge à deux mains en tentant de reprendre son souffle tandis qu'elle ouvre l'appareil pour en extraire la pellicule, qu'elle jette, triste serpentin brunâtre, dans la poubelle de la cuisine.

On aurait dit que l'inconsolable chagrin de Michael avait scellé notre amitié, tout embryonnaire qu'elle fût. C'est sans retenue que je posai sa tête sur mes cuisses comme il l'avait fait de celle de Chocolat à son arrivée. Je lui lissai les cheveux et écrasai ses larmes avec mon pouce. Elles jaillissaient des ténèbres et leur transparence n'en était que plus étonnante. Michael était une source inépuisable de larmes.

William? Étais-tu aussi sensible que ton ami?

Il me raconta ce jour de leur rencontre, jour ô combien mémorable puisque c'est Chocolat qui les avait introduits l'un à l'autre.

William avait pris de nombreux clichés de cette rencontre, n'en tirant qu'un seul dont il s'était servi pour faire connaissance, comprenant un peu tard la bourde qu'il commettait en offrant une photographie à un aveugle. Michael me raconta ce jour au moins trois fois, ajoutant tantôt un détail, tantôt une parole ou un silence qu'il avait omis. C'était la première fois qu'il me relatait un instant de sa vie avec sa perception totale du moment et du lieu. Il m'avait fait pénétrer dans le noir extrêmement orné de sa tête d'aveugle.

William tient nonchalamment la laisse de Chocolat, pressé d'arriver au parc pour le laisser courir et gambader comme un jeune chiot maladroit aime le faire. Le jour est radieux et le soleil fait des arbres mutants de véritables vitraux dont les branches échappent des tessons tantôt rouges, tantôt jaunes, verts ou rouille.

Le crochet de la laisse fait clic et Chocolat disparaît en courant d'un arbre à l'autre pour y renifler sa race, la langue sortie, gourmande de goûter à l'air frais du matin.

William a déjà l'œil au travail derrière sa lentille, croquant les joies de son chien qui s'arrête sec parfois, la truffe excitée par une odeur inusitée de la pelouse.

William voit son chien partir à toute vitesse et se diriger vers un banc vert sur lequel est assis un homme en jeans, les cheveux noirs retenus par un élastique rouge, les yeux cachés derrière des verres fumés. William comprend qu'il repose ses yeux rougis par une veille excessive. Chocolat monte alors sur le banc et se laisse caresser par la main de l'homme avant de lui lécher le visage en retour, faisant au passage tomber ses lunettes. William veut s'approcher pour lui demander d'excuser son chien, mais l'étranger a un regard si étonnant qu'il en fait quelques clichés, à distance. Puis Chocolat, le voyant s'approcher, saute du banc et vient à sa rencontre. William remet la laisse au collier et rentre à la maison, avec un Chocolat plus excité que d'habitude.

William travaille de nombreuses heures dans sa chambre noire, tire une photo sur laquelle Chocolat et l'inconnu dégagent quelque chose de si touchant qu'il décide d'en offrir un exemplaire à l'homme. Il ne le revoit que quelques jours plus tard et s'en approche en se présentant comme le propriétaire du chien. Il comprend sa bévue en lui tendant l'enveloppe. Désemparé, William espère que son geste a échappé à l'aveugle. Contre toute attente, ce dernier tend la main et William lui remet l'enveloppe. L'inconnu en sort le cliché et invite William à le lui décrire. William obtempère et, d'une voix d'enfant excité d'offrir un dessin, lui parle de l'ogive que font sa tête et celle du chien, presque collées sous une voûte de branches qui se touchent au-dessus d'eux. Il dit rechercher les lignes continues dans ce qu'il voit. Puis il se tait, s'excusant de son propos. Pour toute réponse, l'aveugle lui dit se nommer Michael Gordon et William répond : « William Wilcox. »

Michael continua de me parler de ce jour. William l'avait invité à prendre un café, mais il lui avait réclamé la photographie, dont il avait l'intention de travailler un peu le négatif avant de la lui rendre. Michael lui avait demandé en blaguant s'il voulait lui ajouter des yeux et William avait répondu le plus sérieusement du monde qu'au contraire il voulait effacer ses iris. Cet aveu avait touché Michael à un point tel qu'il lui avait pris la main pour le remercier. Jamais on ne lui avait dit qu'on pouvait exécuter une œuvre d'art avec une tête d'aveugle.

J'allai chercher les trois photographies et regardai longuement cette expression que William avait faite à Michael, voyant pour la première fois l'ogive des deux têtes sous la voûte des arbres, la sérénité du lieu et de l'instant.

William, portais-tu dans l'œil un regard divin
Pour camper en ce parc un touchant séraphin?
Qu'avais-tu vu dans le mouvement de cet homme
Pour t'acharner à lui faire le don d'un psaume?
Te semblait-il trop fragile, sujet d'émois?
Redoutais-tu que son âme soit aux abois?
Pressentais-tu là une noire solitude?
Était-elle un miroir, une similitude?
Son cœur aveugle paraissait-il trop souffrir?
Et le tien, William, était-il prêt à s'ouvrir?
Chuchote-moi qu'enfin je commence à comprendre,
Rassure-moi, beau William, laisse-moi m'éprendre
De la beauté que tu veux immortaliser
Pour nos regards que la vie fait cristalliser.

Si le chagrin faisait de Michael un être encore plus démuni, je ne savais que penser de la personne qu'il faisait de moi. J'étais prête à le protéger, à le consoler, mais j'aurais aussi souhaité qu'il soit fort à mes côtés. Le gouffre d'où venaient ses pleurs avait englouti mon désir de percer le secret de William. J'étais satisfaite de savoir mon photographe près de moi, près de nous, même si Michael, dans sa hargne, avait tenté de couper ce lien.

Heureuse de cette nouvelle sérénité — est-ce la belle photographie qui m'avait envoûtée? —, je regardai celle de l'Afro-Américain. Il avait l'allure d'une *muppet* de Jim Henson, avec son sourire édenté sur des lèvres desséchées qui laissaient supposer qu'elles avaient déjà été charnues. Son chapeau, un sac à ordures tourné autour de la tête, laissait échapper quelques mèches cotonnées. Il portait un sac noir en guise de poncho, deux sacs scotchés le long de ses longues jambes en guise de pantalon, et, en guise de bottes, deux autres sacs troués qui faisaient voir des chaussures dépareillées. L'œil qui avait saisi la vérité de cet homme ne pouvait être celui d'un imbécile, d'un «éteignoir de concupiscence», d'un idiot savant, comme l'avait certainement qualifié sa mère. J'aimais l'œil de William.

J'étais si hypnotisée par cette photographie que j'avais omis de la décrire à Michael telle que je la voyais et la comprenais. Je m'en excusai rapidement, mais Michael me dit que nous étions nombreux à en avoir compris toute la beauté dans la laideur et qu'à son avis ce quidam avait été la vraie cause de la mort de William.

Ah non! Pas un autre coupable de ta mort, William! Et si c'était moi, la coupable, de n'être pas arrivée à temps? Assez!

William a attendu Michael toute la soirée, espérant voir tourner les aiguilles de la nouvelle année en sa compagnie. Chocolat s'agite, la truffe exaspérée par les arômes qui emplissent la cuisine depuis le matin. Son maître est assis seul devant un second couvert délaissé, piquant sa fourchette dans une dinde juteuse, mastiquant lentement, rompant ainsi avec son habitude d'avaler rapidement pour écourter son ennui. Ce soir, il a espéré mettre un terme à ces réveillons pénibles qu'il avait eus avec sa mère, par une intéressante conversation avec Michael sur la photographie et les labradors.

Les aiguilles butant presque sur minuit, William se résigne à servir quelques restes à Chocolat lorsqu'il voit un taxi cracher devant sa porte un Michael disloqué par l'ébriété. Il se précipite à sa rencontre et arrive au moment où son ami vient de s'écrouler sur le dos, imprimant sa forme sur la neige. Il le remet sur ses pieds - péniblement, son ami étant lourd d'ivresse. [...]

La nuit s'est éteinte et William offre un café fort à Michael, qui lui répète tout ce qu'il lui a rabâché durant la nuit. Cette femme avec laquelle il espérait partager le noir de sa vie et qui vient de lui signifier son congé. Sa lassitude de se battre tous les jours contre tout, de la nouille au préjugé. L'inconséquence de son ami qui lui a imposé de dormir dans cette demeure, l'obligeant à une dangereuse course d'obstacles. Il s'interrompt enfin, contrit du manque de reconnaissance de son propos, et offre à

William de l'accompagner pour la promenade du chien. Vêtus chaudement, William rasé, Michael hirsute et l'haleine lourde, ils se dirigent vers la porte lorsqu'un cadre se fracasse sur le plancher, arraché de son clou par le frôlement de l'épaule de Michael. La photo d'un Afro-Américain vient d'être lacérée par des tessons et William étouffe un grognement...

J'en avais marre. Qu'avais-je besoin de raconter ces insignifiances du quotidien? L'amitié de Michael et de William était toujours embryonnaire lorsqu'ils avaient passé une journée complète dans la chambre noire à retravailler le négatif de l'Afro-Américain, cliché que William avait pris à Boston durant ses quelques heures de vacances. Michael me raconta qu'à la suite du bris du verre il était excité à l'idée de pouvoir faire des essais sur négatif grâce aux yeux de William et qu'ils avaient à eux deux créé cet environnement glauque et touchant. Michael est un maître du non-dit. Il a fallu que je le torture littéralement pour qu'il m'avoue qu'il avait fait voir ce cliché à ses collègues de laboratoire, qui s'étaient extasiés devant la merveille. Pour faire plaisir à William, Michael l'avait inscrit, à son insu, à un concours de photographie du *National Geographic*, dans la catégorie «*Human interest*». William avait remporté le premier prix! Le premier!

Je le savais, William. Ton œil est le plus perçant et le plus troublant des Amériques!

«Il importe peu que tu n'aies jamais pris l'avion, lui a dit Michael. Ce n'est pas toi qui piloteras.» William lui confie son chien, prétexte une gastroentérite pour s'échapper du Homy Home un samedi et s'envole un vendredi soir de mars, vers l'inconnu. Assis à la table des lauréats, mal à l'aise dans un smoking au tissu un peu rêche, il assiste à un dîner au Astoria Hotel, durant lequel on le fait monter sur scène pour lui remettre son prix. Il se retrouve seul devant un micro, à exprimer des remerciements devant une assistance heureusement invisible grâce aux réflecteurs mais dont il entend les applaudissements. Un photographe jovial et invitant lui remet sa carte d'affaires et lui offre de se joindre à lui pour explorer les rues américaines, son regard étant si différent et original. Et c'est ainsi que William fait sa première incursion dans le monde extérieur à sa chambre noire. Il en revient bouleversé, l'œil magnifié par ce qu'il a vu. On l'a accueilli gentiment et poliment. On l'a promené dans les rues de New York, où il n'était plus le fils de Grace mais bien un homme aussi important que Mr. McDougall, sinon plus !

William, qu'as-tu pensé du monde? As-tu eu peur? As-tu eu mal de grandir? Dis-moi, mon amour, si Michael a raison quand il affirme t'avoir tué.

Je regardai partir Michael sans comprendre pourquoi il avait l'âme anéantie. Tous ces événements avaient été bons et beaux pour William. Je mangeai légèrement et décidai de classer les photographies avant de les ranger. Lorsque c'était possible, je les jumelais, fenêtres et portes, fenêtres orphelines, édifices… Je rassemblais la vie de William dans les chemises, presque sereinement. Il y avait des messages que je n'avais pas su comprendre, j'en avais la certitude. Les créateurs créent toujours pour des yeux différents des leurs.

En un jour, William cessa de me hanter, et, ce soir-là, dans le lit, je trouvai sa place froide et ininvitante.

William, es-tu vraiment parti? Tu peux maintenant me confier tes secrets puisque je n'ai plus envie d'en faire cadeau à personne. Dommage. Ta vie habite maintenant chez moi, avec moi, et j'aurais aimé t'aider à te délester de ses désagréments. Ainsi va-t-elle avec ses tristes mystères.

* * *

Michael frappa à ma porte en pleine nuit – encore? –, mais, cette fois, il l'effleurait comme un percussionniste caresse une cymbale avec un fouet métallique. Je lui ouvris et il me suivit jusqu'au salon, où il s'assit en souriant. C'était quand même reposant de voir qu'il pouvait ne pas pleurer. Il m'invita alors, sans préambule, à le suivre à son laboratoire.

William, ton ami est fou!

J'allais protester lorsqu'il sortit de son sac les appareils photographiques de William. N'avais-je pas envie, me demanda-t-il, de voir les derniers clichés du gagnant? «Oui! Oui! Oui!» criai-je en m'habillant à la hâte. Et je me retrouvai avec Michael dans la chambre noire. C'était à mon tour d'être une marionnette maladroite dont les ficelles étaient tirées par un aveugle. La nuit était encore aussi noire que la chambre noire quand je sortis les planches-contact du révélateur. Michael termina l'ouvrage.

Les premières photos, Michael, sont de Chocolat. Les autres sont des photos de New York dont le ciel lave la statue de la Liberté à grande eau. Les sept dernières, Michael, sont des fenêtres bouchées par des planches, des briques ou des parpaings. Des fenêtres bouchées... Des fenêtres...

Il n'était plus nécessaire que je m'attarde aux photographies de William. Je rentrai à la maison avec Michael et sortis les chemises de mon placard. J'y repêchai toutes les photographies de fenêtres, dont j'expliquai la complexité, parlant de cette tache pâle qui apparaissait sur la plupart d'entre elles.

«Il s'est amusé», m'annonça Michael en souriant. «Peut-être pas», répondis-je. J'appris donc que si les taches avaient toujours été au même endroit, elles auraient indiqué un défaut de la lentille de l'agrandisseur ou de celle de l'appareil photographique lui-même, ce qui était peu probable puisque certaines photos dataient de son enfance et avaient été tirées dans des laboratoires commerciaux. «Il s'est amusé, me répéta Michael. Je lui ai montré à retoucher les négatifs.»

Je ressentis le même malaise que j'avais déjà connu au *Work & Leisure Stationary Store.* J'avais la nuque frissonnante, les mains moites et le souffle court. William était de retour et venait de s'immiscer dans mon ventre en me suppliant de bien regarder pour voir ce que je n'avais pas encore vu.

Michael et moi avons joué une bonne partie de la matinée sans rien découvrir. Déçu et incapable de comprendre mon entêtement à la limite du délire, il me laissa seule avec mes angoisses et une perception de moi-même qui n'avait rien à envier à celle que j'avais toujours eue lorsque j'étais avec Nathan. J'étais une nullité totale.

Aide-moi, William!

Je ne cessais de regarder les photographies, les unes après les autres, comme si j'avais eu un jeu de cartes en main. Je m'arrêtai quelques minutes pour avaler un sandwich, les clichés posés sur la table devant moi. L'école primaire et la classe de première année : pas de tache. Deuxième, troisième, quatrième, cinquième, sixième, septième : pas de tache. Le gymnase : tache. L'école secondaire : pas de tache. Le gymnase : nouvelle tache. Le collège : tache. Mais il n'avait jamais fréquenté le collège.

Je recommençai. L'école primaire, fenêtres, porte : une seule tache. L'école secondaire, fenêtres, porte : une seule tache. Le collège, fenêtres, pas de porte : tache. L'hôpital pour enfants, fenêtre, porte : pas de tache. Le *Work & Leisure Stationary Store,* vitrines, porte : pas de tache. La maison de Meadow Street, fenêtres, portes : pas de tache. La maison où habitait Michael, fenêtre, porte : pas de tache. L'aérogare, fenêtres, porte : pas de tache. La clinique d'obstétrique, fenêtres, porte : pas de tache. Une jolie maison de campagne, fenêtre, pas de porte : tache. D'autres fenêtres de tous les styles, impossibles à jumeler avec des portes, et ayant des taches.

William...

Le soleil s'était depuis longtemps caché derrières les branches maintenant chenues des arbres. J'eus le triste sentiment d'en être à faire mes adieux à William sans avoir trouvé la clé de ses mots. J'allai me coucher et je sus qu'il était de retour dans le lit, endormi. Je caressai Labradorable, tirai la couverture sur les chrysalides pétrifiées de Mimi et Bibi posées dans leur lit, pour me sentir moins seule, et m'endormis d'un sommeil si profond que le nouveau jour était là depuis longtemps lorsque j'ouvris une paupière. Je me douchai et ne fermai l'eau que lorsque le jet eut commencé à me glacer. Les cheveux mouillés, la serviette en paréo, je retournai à la table de la salle à manger, trifouillai les épreuves, en ressortis la photographie de la classe de première année, sans tache, puis une seconde que j'avais toujours négligée parce que je l'avais considérée comme ratée, avec tache! Une classe de première avec tache!

Merci, William.

Je m'habillai à la hâte, enfouis plusieurs dizaines de photos dans mon porte-documents
et me rendis au *Work & Leisure Stationary
Store*. Paul me vit arriver et se précipita dans
l'arrière-boutique. Je le suivis dans le local où
se trouvaient déjà Gail et Lynn. «Je n'ai
besoin que d'une minute», leur dis-je, et
j'étalai des photographies de fenêtres orphelines sur la table. Agacés, ils les regardèrent
distraitement, jusqu'à ce que Gail s'écrie :
«Comment? Pourquoi a-t-il pris une photo
de ma fenêtre? C'est dégueulasse! C'était un
voyeur.» Puis ce fut au tour de Paul de reconnaître une de ses fenêtres. «Mais avant
que je ne les change. Elles sont plus mo-
dernes.» Lynn vit le rideau de son salon et
m'indiqua qu'une autre des fenêtres appar-
tenait à Mr. McDougall. Sur tous ces clichés,
il y avait une tache blanche.

Je les regardai tous les trois. J'aurais compris plus tôt que je les aurais engueulés, mais
la main douce de William me bâillonnait. Je
n'avais plus besoin de tenter de le venger, me
fit-il comprendre. Plus besoin non plus
d'étrangler Gail. C'était lui qui n'avait su être.
Personne n'avait compris son désir de vivre

avec eux. Je sortis en les remerciant par politesse et filai au cimetière.

Des feuilles séchées et rouillées encombraient la pierre tombale de William, cachant et le nom de Grace et la terre dégarnie qui couvrait sa robe. Je me sentais soulagée et enfin saine. L'air était frais, mais ce n'était plus le souffle de William. Au contraire, son haleine me réchauffait les mains. Novembre allait tellement bien à ce cimetière.

Mon pauvre petit, j'espère que ta mère a eu tellement peur de te perdre qu'elle a cessé de respirer, t'entraînant avec elle dans ses enfers. Elle ne t'a pas appris la vie puisqu'elle ne la savait plus. Elle t'a étouffé, t'interdisant de grandir. Comme je l'ai fait, moi aussi. Grace a méprisé ta faiblesse au point de te piétiner, de te mépriser. Une femme comme elle n'avait pu engendrer un enfant maladif et malingre. Un chiot tremblotant. Une femme comme elle... Quel dommage, mon fragile chéri, qu'elle ait griffé ton âme sensible! Tu n'as pas été un enfant aimé. Tu n'as pas été mal aimé non plus. Tu as été un enfant non aimé. Toute ta vie.

J'ai compris en voyant les deux photographies de ta classe de première année. Pendant un an, tu as rêvé d'y entrer. La classe du rêve, avec son petit fantôme, et la vraie fenêtre derrière laquelle tu pouvais vivre et même regarder l'extérieur. Je ne saurai jamais, William, qui habitait derrière ces autres fenêtres devant lesquelles tu te postais en espérant être invité à franchir la porte de mondes que personne ne te dévoilait. Je parierais, petit, qu'il y a ici la maison d'un professeur que tu as particulièrement apprécié, ou celles d'autres élèves avec lesquels tu aurais aimé joué. J'ai passé cinq mois de ma vie à tenter de comprendre la tienne et je vois qu'elle se résume à une immense solitude sans fin. Enfant affolé, tu t'es réfugié dans cette pièce sombre dont tu n'as jamais osé t'échapper, l'obscurcissant encore davantage pour y rêver de ces êtres que tu côtoyais et qui ne craignaient pas la lumière. Enfant sacrifié à la peur et au devoir, tu n'as jamais réussi à devenir un homme, William, sauf lors de ce voyage à New York. Tout ce que tu y as vu, William, ce sont ces larmes sur la statue de la Liberté.

Michael est convaincu d'avoir précipité ta mort. Maintenant, je sais que c'est le contraire. Il t'avait donné la joie de voir la vie et ce jour d'éclairement a été si extraordinaire que ton pauvre cœur d'enfant malade s'est échappé de ta poitrine lorsque tu allais l'en remercier. Personne ne t'avait appris à grandir, à vivre, à apprivoiser le bonheur. Ta vie t'est apparue en noir et blanc, ô lourd héritage, William, et tu as eu envie d'un laboratoire couleur. Jamais tu n'avais su te servir de la couleur, personne ne t'ayant initié au secret du prisme. Tu me ressembles, William. Moi aussi, je suis photophobe, et je ne sais comment me sortir de l'absence noire dans laquelle Nathan m'a emprisonnée depuis si longtemps.

Je vais expliquer à Michael que tu lui offrais les yeux de Chocolat, ce soir de mars. Ce dimanche soir, tu as pris tout ce à quoi tenait ton chien, sa bouffe, sa balle et le maudit os que t'avait donné Gail en cadeau de Noël, et tu allais tout lui remettre. Tu pleurais, j'en suis certaine, parce que tu tenais à ton chien comme à la prunelle de tes yeux. Mais Michael, lui, n'avait pas de prunelles et tu as cru que l'amitié, qui t'avait toujours été étrangère, consistait en offrande et en sacrifice... Tu te croyais capable de réapprendre l'obscurité tandis que Michael apprendrait la lumière. Mais c'était une illusion d'optique. Ton pauvre cœur souffrait déjà trop de sa peine. Tu avais négligé, William, le fait que tu ne saurais plus vivre sans la présence de ton chien, et tes chiens-rêve, tes chiens de papier, ne te comblaient plus.

Tu es mort seul, William, comme tu avais vécu. Tu es mort généreux, William, comme tu avais vécu. Tu es mort affamé, William, comme tu avais vécu. Le ventre vide.

Je vais expliquer à Michael le bonheur qui t'a tué. Tu étais comblé, William. Je le sais à cause des fenêtres bouchées, obstruées. Il n'y avait plus de maisons où tu voulais qu'on t'invite, dans lesquelles tu voulais entrer. Comblé. Comblé par un jour. Parce que j'ai compris ton message, William. La petite tache, c'était ton âme en attente, n'est-ce pas? L'être inexistant que tu as toujours été...

Je ne sais plus si je t'aurais aimé, non pas parce que tu n'es pas une personne aimable, non, mais bien parce que tu m'aurais aspirée dans ton monde noir. J'erre dans des catacombes depuis trop longtemps et c'est probablement pour cette raison que nous sommes des âmes sœurs. Non, amantes.

Si j'avais su te dire, William, j'aurais dit l'enfant qui n'a jamais appris la vie. Si j'avais pu te dire, William, j'aurais raconté ta solitude *avec une lentille grand angle. Si j'avais pu te séduire, William, serais-tu William?*

Un monarque, perdu d'avoir raté le départ du grand voyage vers la vie au Mexique, se posa sur la pierre de William. Ses ailes n'avaient plus la force de chevaucher l'air pour qu'il puisse s'envoler. Une légère brise le porta sur un tas de feuilles et je le distinguai à peine, tant ses couleurs se confondaient déjà avec l'humus.

Je me levai, le pris dans mes mains et le remis sur la pierre de William, mais après lui avoir préparé une litière accueillante, nappée de mon gant. Je mentirais si je disais que le papillon m'en a remerciée, mais il se calma et mourut tout doucement, son rêve de vie éternelle achevé.

Épilogue

Durant mon inexplicable épopée, je n'avais jamais pensé à me rendre à la morgue pour y réclamer la photo de l'homme trouvé mort sur un trottoir, le dernier dimanche de mars.

Je m'y présentai, beaucoup plus tard, sans appréhension, et on me la donna gentiment. William n'était pas beau. Michael remit le cliché à ses collègues, qui, obéissant à mes souhaits, lui ouvrirent les yeux et en colorèrent les iris en vert. Ils firent des mèches brunes et châtaines à ses cheveux fournis, conformément à la fiche signalétique de la morgue. Ils truquèrent la photo que j'avais déjà sur mon mur, et William fut enfin lui-même, vêtu de son t-shirt aux couleurs d'Agfa, un sourire timide aux lèvres. Son portrait trône sur le mur au-dessus de ma table de travail et je lui parle encore. J'ai recommencé à écrire sous son regard bien-veillant, parfumée de lotion *Old Spice* pour me moquer de moi-même. Labradorable est toujours présent, et le lit de Mimi et Bibi accueille maintenant deux jolis papillons.

Les aventures de Mimi, Bibi et Willie au Mexique

Mimi s'éveille de très mauvaise humeur. Elle est si à l'étroit dans cette espèce d'enveloppe qu'elle n'a qu'une envie, en sortir pour retrouver Bibi et poursuivre leur voyage. Elle s'agite, tournoie un peu sur elle-même et entend craquer quelque chose si fort qu'elle n'ose plus bouger. Puis elle voit une lueur, met ses lunettes et manque de mourir de peur en apercevant Bibi. Bibi vole devant elle!

— Bibi! Qu'est-ce que tu fais là? Attention! Depuis quand est-ce que tu te prends pour un cerf-volant?

— Moi, un cerf-volant? Tu blagues! Et toi, tu veux me faire croire que tu n'es pas une fleur ailée, avec tes couleurs?

— Ha! Au secours! Je suis une fleur et j'ai deux grands pétales. Et je vole! Depuis quand est-ce que je sais voler, moi? J'ai le vertige.

— Mais non, ce n'est pas le vertige, c'est la légèreté. Oh! Regarde, Mimi!

— Où?

— Droit devant.

— Ha! Une autre chenille volante. Toute belle avec son parachute orange et noir. Mais qu'est-ce qu'elle porte autour du cou?

— Je n'en sais rien. Demande-le-lui.

— Chenille volante, comment s'appelle ce truc qui pend à ton cou?

— C'est à moi que tu parles?

— Mais oui. C'est quoi, ce truc?

— Un appareil photo, évidemment. Je ne suis pas une chenille volante, moi. Je suis un roi, un monarque.

— Un roi volant?

— Mais non! Je suis un papillon.

— Ah! Une chenille volante devient un papillon-photographe?

— Mais où avez-vous étudié, vous deux? Tout le monde sait cela.

— Le monde peut-être, mais pas les chenilles.

— Tais-toi, Mimi. Tu te souviens de…

— Je ne me souviens de rien, Bibi, parce que j'ai trop dormi.

— Drôles de noms! Mimi et Bibi? C'est bien cela?

— C'est bien cela. Et un roi, on appelle ça comment?

— King William d'Orange. Mais Willie pour les amis. Parlez-vous espagnol?

— Espagnol? Vous parlez espagnol?

— J'apprends l'espagnol, parce que je pars en voyage au Mexique. C'est pour ça que je traîne mon appareil photo. Écoutez : uno, dos, tres… Ha! Un perro! Un perro labrador!

— Regarde, Mimi. Nous volons au-dessus d'un chien.

— C'est ce que je viens de dire. Eso es un perro labrador!

— Chien ou perro, moi je pars. J'ai peur des chiens.

— J'aimerais partir pour le Mexique, Mimi. Tu veux?

— Vous nous emmenez avec vous?

— Si, si, por favor. Suivez-moi. Tout le monde en voyage, quel plaisir!

— Vous connaissez le chemin?

— Oui, et je ne sais pas où je l'ai appris. Mais je le connais.

— <u>Olé</u>! Nous partons tous les trois pour le Mexique, Bibi.

— C'est beaucoup plus vite avec des ailes. On ne peut pas aller au Mexique quand on est une chenille. Qu'en penses-tu, Willie...?

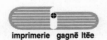

imprimerie gagné ltēe